나는

그리고 싶은 사람을

가르치는 사람으로 산다

나는

그리고 싶은   사람을

가르치는   사람으로

산다

박성희 지음

그리고 싶은 마음

그리고 싶다는 마음만 남기기   10

언제 시작하는 게 좋을까   18

준비물만 준비하면 준비물만 남는다   24

잘 그렸다는 말, 못 그렸다는 말   32

다 배우면 그릴게요   38

그리지 않아도 그리는 중   44

그리고 싶은 사람을 가르치는 마음   48

당신의 그림도 나아질 수 있다

'빨리'의 함정에서 빠져나오기   56

스케치북 한 장 두 장의 성실함   62

기준선을 부끄러워하지 말아요   70

자주 쓰는 색을 찾아보세요   76

그림 안에 나 있다   82

다르게 보아야 보이는 것들   86

아이에게 배웁니다

아이들을 가르치는 사람   94

보여 주기를 두려워하지 않기   100

'그림 멍'을 아시나요?   106

파란 똥과 현대 미술   112

아빠 지갑 속에 있는 명암   118

그리면 달라지는 것들

화딱지 나게 안 그려지는 날엔   126

잘못된 그림을 수정하는 방법   132

드로잉은 명상이다   138

그리는 것은 알아 가는 것이다   144

팬데믹이 가르쳐 준 것   152

그래서 그림을 가르칩니다   158

아직 그려야 할 그림이 있다   162

에필로그   168

그리고 싶은
마음

그리고 싶다는 마음만 남기기

포기하지 마라.
매일 아무리 사소한 것이라도 계속 그려라.
그럴 가치가 분명히 있는 일이며,
나중에 당신에게 커다란 도움이 될 것이다.

- 첸니노 첸니니, 화가

그림을 배우고 싶어 하는 분들을 많이 만난다. 어릴 적부터 그림을 좋아했는데 기회가 없었다는 사람, 어린 손주에게 예쁜 그림을 그려 주고 싶다는 사람, 은퇴 후 그림으로 취미생활을 시작하고 싶다는 사람, 마음이 힘들어 그림 그리면서 치유하고 싶다는 사람도 있다. 좋은 것을 보면 그림으로 남겨 보고 싶다는 분, 사랑하는 사람의 모습을 그려서 선물하고 싶다는 분, 지금 하는 일에 그림이 도움 될 것 같다는 분, 그림 그리는 사람이 멋져서 배우고 싶다거나 친구 따라왔다가 배우는 분도 있다. 그들에게는 그림을 그려야 할 많은 이유가 있다. 그 모든 이유를 모아 보면 그리고 싶다는 마음 하나로 통한다.

미술을 전공하고 줄곧 미술과 관련된 일을 해 온

나 역시 진심으로 그림을 그리고 싶다는 것을 자각한 지는 얼마 되지 않았다. 언제나 먹고사는 일이 먼저였다. '이걸 알면 디자인을 잘할 수 있겠지?' '이렇게 그리면 아이들과 소통하는 데 도움이 되겠지?' '이만 하면 미술 선생님으로 살아가도 되겠지?' '더 노력하면 새로운 기회가 오고 그걸로 나의 미래가 보장되겠지?'……. 드로잉과 채색을 익히고 미술 사조와 작품을 공부하면서 머릿속엔 이런 생각뿐이었던 것 같다. 그려 보고 싶다는 마음에 집중한 게 아니라 그려야만 했던 시간이었다.

의무감으로 그릴 때는 그리기가 좋은 줄 몰랐으며 내가 그림을 계속해 나가려는 의지가 약한 사람인 줄 알았다. 진정으로 좋아하는 게 아닌 탓에 그림과 관련된 다른 직업을 기웃거리고, 그러느라 제대로 이루어 놓은 게 없구나 싶어 우울해졌다. 때로는 지인에게 하소연을 했다. 다행히 내 이야기에 진심으로 귀 기울여 준 친구가 있었다.

"나는 좋아하는 게 없나 봐. 꾸준히 제대로 하는 게 없어."

"무슨 소리야? 너만큼 그림 좋아하는 사람이 어디

있다고?"

"내가? 맨날 딴생각만 하는데."

"그 딴생각에서 그림이 빠진 적 있어? 없잖아."

"그림이 빠진 적?"

곰곰이 떠올려 보니 어떻게든 그림과 관련된 일을 놓지 않으려 애써 오긴 했다.

"그게 일심一心이라는 거야. 너는 어떤 상황에서도 한 가지 마음뿐이었어. 일심이 아무한테나 있는 건 줄 아니? 진짜 좋아해야 가능한 거야. 너는 그림 진짜 좋아해."

내가 일심으로 그림을 좋아한다는 사실을 알아준 친구 덕분에 하소연을 멈출 수 있었다. 겉으로는 크게 달라지지 않았지만 내적 변화가 찾아왔다. 그림으로 무언가 크게 이루어야 한다는 생각에서 빠져나올 수 있었다. 그림 잘 그린다는 소리를 꼭 들어야 한다는 강박도 희미해졌다. 그림을 오래 했으면 당연히 작가로 살고 있어야 하는 게 아니냐는 남들의 시선에서도 조금 자유로워졌다. 그림 가르치며 먹고사는데 취미도 특기도 그림인 게, 즉 인생에 그림밖에 없는 게 부끄럽다는 생각도 버릴 수 있었다. 빠져나와야 할 생각과 버려야 할 생각, 불필요한 생각과 바보 같은 생각에 사로잡혀 가장 중요한 사실을 잊고 살았다. 여전히 그림을 그리며 살고 싶다는 마음 말이다.

어릴 적부터 그림 그리는 시간이 제일 좋았다. 스케치북이 아니어도 빈 여백만 있으면 그림으로 채우곤 했다. 책상에 앉아서도 마루에 앉아서도 포도나무 밑에서 놀다가도 그림을 그렸다. 공주 그리기를 좋아했는데 머리 모양이며 옷이 예쁘게 칠해지면 내가 변신이라도 한 듯 기뻤다. 친구들에게 내 그림을 보여 주는 게 뿌듯했고, 그림으로 상이라도 타게 되면 부모님의 자랑거리가 될 수 있어 행복했다. 그려 보고 싶다는 마음이 있었고, 그 마음을 종이에 옮겨 그리면 손길을 따라 새로운 세상이 탄생하는 걸 경험했다. 그 소중한 마음, 그림의 감각을 잊고 지낸 것이다.

누군가는 우리가 실패나 거절보다 더 두려워해야 하는 것이 후회라고 했다. 그림을 좋아하는 사람이라면, 그려 볼 마음을 한 번이라도 품었던 사람이라면, 그리지 않은 것에 대한 후회를 남겨 두지 말았으면 한다. 물론 그림을 그릴 수 없는 수많은 이유가 여전할지도 모른다. 재능이 없어서, 바빠서, 그릴 시기를 놓쳐서, 경제적 여유가 없어서, 지금은 그럴 때가 아니어서……. 수업을 상담하는 자리에서는 그림을 그리고 싶은 이유와 함께 그릴 수 없었던 수많은 이유도 언급된다. 나도 충분히 공감하는 부분이라 그 많은 어려움을 딛고 그림을 시작하려는 분들의 이야기를 정성껏 듣는다. 다 쏟아 내고도 하고 싶다는 마음을 잃지 않길 바랄 뿐이다. 그려 보고 싶다는 마음이 그릴 수 없다는 현실을 이길 수 있도록 용기를 주고 싶다.

"선생님이 불을 지피셨어요."
언젠가 그림책 수업 종강을 앞두고 한 수강생이 말했다. 그 표현이 마음에 들었다. 표현하고 창조하며 살고 싶다는 열망은 끄기보다 더 크게 지펴야 한다. 한데 그게 과연 내가 붙인 불일까? 그렇지는 않다. 그분 안에 잠자고 있던, 그려 보고 싶다는 마음 자체가 불씨였으니까. 가슴속에 불씨 하나씩 품은 사람들은 알고 있다. 두터운 현실로 덮어 버리거나 세월 속에 무심히 내버려 둔다고 해도 쉽사리 꺼지지 않는다는 것을.

어차피 꺼지지 않는다면 지금이라도 지펴 보는 게 낫다. 처음엔 뿌연 연기에 눈이 아려오고 기침도 나겠지만 빨갛게 달아오르는 모습에 매혹되어 그만두고 싶지 않으리라.

그러니 복잡하게 생각하지 말자. 그려 보고 싶다는 마음 하나만 남기자.

언제 시작하는 게 좋을까

그리고 싶다는 마음만 남았을 때 할 수 있는 일은 무엇일까? 그리는 일이다.

"딱 하나 하고 싶은 게 생겼는데 그게 그림이에요. 요즘 그림을 그리고 싶어요."

오랜만에 연락해 온 지인은 그렇게 말한 지 1주 뒤 화실에 왔다. 그녀가 왜 갑자기 그토록 그림이 그리고 싶어졌는지 이유를 들을 수 있었다. 준비 없이 맞닥뜨린 이별로 힘든 시간을 보냈다고 했다. 자신에게 닥칠지 상상도 못 했던 일을 실제로 겪었노라 했다. 퍽 수척해진 모습에 그녀의 마음 앓이를 어렴풋하게나마 짐작할 수 있었다.

"이런 걸 그리고 싶어요."

그녀는 스마트폰 사진첩 폴더에서 사진을 골라 보여 주었다. 예쁜 꽃, 나란히 놓인 장화, 그리고 어린 딸아이를 목말 태운 아이 아빠.

"늘 이러고 다녔네요…… 이 사람 진짜 좋은 사람이었어요."

사진을 넘기는 손길과 사진 속 장면에만 시선을 두었는데도 그녀가 지금 어떤 표정으로 말하고 있는지 머리에 그려졌다. 그래서 더 손끝만 바라보았던 것 같다. 가끔 가르치는 게 겁날 때가 있다. 자신의 온 마음을 그림으로 표현하고 싶어 하는 이들에게는 과연 어떤 도움을 줘야 할지 가늠이 안 돼서다. 그건 어떻게 하면 그림을 잘 그릴 수 있는가, 하는 주제를 벗어난다. "초등학생 때 이후로 한 번도 그림을 그려 본 적이 없는데 괜찮을까요?"라고 하면 "그건 전혀 상관없어요." 하고 대답할 수 있다. 하지만 "그 사람 장화였어요. 그는 더 이상 신을 수 없겠네요. 이걸 그려보고 싶어요."라고 하면 말문이 막힌다. 그리움을 그리고 추억을 그리고 슬픔을 그리고 싶은 마음을 어루만져 주지 못할까 봐 걱정이 앞선다. 이럴 때 장화는 사물이 아니라 마음이다.

차마 장화를 그릴 용기가 나지 않았던 걸까. 그날 지인은 결국 꽃을 그렸다. 한 송이 한 송이를 그려 나가며 그림에 집중하는 게 너무 좋다고 했다. 꾹꾹 눌러 담고 있던 감정을 하나씩 풀어 놓는 듯한 모습에 내 걱정도 한결 가벼워졌다. 그림이 고마운 순간이었다.

그릴 대상을 자세히 관찰하고 선으로 하나씩 옮기노라면 집중하지 않을 수 없다. 의미 있는 대상이라면 더욱 그럴 것이다. 그렇게 한 작품을 완성해 가는 과정은 온 마음을 옮기는 시간이고, 완성된 그림은 그 어떤 그림보다 특별하게 남는다. 작품이 완성될 때쯤 처음의 감정이 지나가고 또 다른 감정이 자리 잡기도 한다.

"뭣 하러 그렇게 열심히 살았을까요? 하루하루 행복하게 사는 게 중요한데요. 하고 싶은 걸 그때마다 하고 살았으면 더 좋았을 것을요."

행복은 내 마음이 원하는 것을 할 때 느낄 수 있는 감정이다. 매 순간의 행복을 놓치면서 나중의 행복을 위해 앞만 보고 사는 사람이 많다. 나 역시 어른이 되면 행복해질 줄 알았지 나이가 들수록, 시간이 지날수록 힘든 일이 더 많이 찾아오는 줄 몰랐다.

행복을 가까이 두기 위해선 자기 마음이 하는 소리에 귀 기울일 줄 알아야 한다. 누구와 함께 있을 때, 무엇을 하고 있을 때 좋은 감정이 생기는지 자신의 마음을 헤아려야 한다. 좋아하는 사람과 좋아하는 일로 시간을 채워야 후회가 없다. 먼 미래에 있을지 없을지 모르는 행복을 위해 하루하루 급급하게 살아간다면 결국 진정한 행복이 오기 전에 이 삶이 끝나 버릴지도 모른다.

괜찮은 척하는 것은 괜찮지 않다. 우리는 지금 당장 행복해야 한다. 그래서 그림을 언제 시작하면 좋을까 묻는다면, 나의 대답은 하나다. 지금이라고. 당장 잡을 수 있는 행복을 미루지 말라고. 그러니까 주저 말고 "그리고 싶을 때 바로 시작하세요."

준비물만 준비하면
준비물만 남는다

자연과 자연 연구보다 더 중요한 것은
화구통 속의 내용물에 대한 화가의 태도다.

- 파울 클레, 화가

물건을 쌓아 두고 사는 편은 아닌데 매번 정리했다 풀
었다 반복하는 물건들이 있다. 잘 보관해 두다가도 다
시 사용할 일이 없겠다는 현실적인 깨달음으로 버릴
결심을 하는데, 며칠 뒤면 다시 서랍에 들어가 있다.
'그래도 언젠가는 쓰게 되겠지!'

주인의 변덕에 애꿎은 이사가 잦은 그 물건들을
살펴보면 평소 내 관심 분야를 짐작할 수 있다. 허약
체질인 나는 건강해지려는 욕구가 강해서 운동과 관
련된 물건이 꽤 많다. 다만 의지도 허약한 편인지 한
운동을 진득이 하지 못해 물건 대부분이 거의 새것 같
다. 사용 흔적도 없는 것을 처분하자니 아까워서 더 쌓
아 두게 되는 것이다.

그중 하나가 요가복이다. 쇼핑을 앞두고 여러 곳
에서 조언을 얻었다. 추천받은 제품과 직접 검색한 제
품을 비교하며 기능과 색상, 디자인 등을 꼼꼼히 따졌

다. 요가원 고를 때보다 더 까다롭게 살핀 것 같은데, 마음에 쏙 드는 요가복을 입고 매트에 서면 180도 다리 찢기나 물구나무서기쯤은 거뜬히 할 수 있을 것 같았기 때문이다. 하지만 스트레칭 한 번 하지 않고 살아온 뻣뻣한 사람은 요가 강습 첫날에 바로 앓아눕게 된다. 일주일 정도 지나서 몸이 풀리자 다시 요가원에 갔다. 강습이 아니라 환불을 위해서. 집으로 돌아오는 길에 생각했다. '이럴 줄 알았으면 츄리닝이나 입고 할걸.' 입으면 요가의 신이 될 것만 같았던 짱짱한 스카이블루 색상의 요가복은 못다 푼 꿈의 그림자로 서랍장에 고이 남아 있다.

버리기 아까운 물건 중 또 하나는 오리발이다. 지독한 운동 신경은 수영에서도 여지없이 드러나 1년 가까이 배웠어도 자유형, 배영만 할 수 있다. 접영이랑 평형까지 번듯하게 해내겠다는 욕심으로 수영장에서뿐만 아니라 집 방바닥에 누워서 발차기 흉내도 내 보고 거울 앞에서 손동작 연습도 해 보았지만 큰 도움이되지 않았다. 그즈음 오리발은 꿈의 물건으로 다가왔다. '오리발만 있으면 물고기 저리 가라겠지!'

하지만 막상 신어 보니 걷는 것조차 힘들었다. 뒤

뚱뒤뚱 옆으로 걸어 물에 들어가기까지는 겨우 성공. 그리고 대망의 입수! 자, 이제 자유롭고 유려하게 수영하는 일만 남았는데……. 아무리 수영을 못하는 사람도 오리발을 끼면 추진력을 얻는다는데 나는 예외인 걸까? 오히려 다리에 힘이 들어가서 발차기조차 버겁게 느껴졌다. 선생님은 첫술에 배부를 일 없다고, 조금만 더 적응하면 오리발의 위력을 경험할 거라고 응원의 말로 이끌어 주셨지만 내 의지는 약했다. 여전히 쫀쫀함을 잃지 않은 짙은 파랑 오리발은 서랍장에서 나오기가 무섭게 다시 들어가기를 반복하며 여름날을 보낸다.

뭔가 배우고자 하는 의욕이 넘칠 때마다 준비물을 완벽히 구비하면 잘 해낼 수 있을 것 같았지만 현실은 그렇지 않았다. 준비물을 준비하는 동안에는 희망에 부푼다. '이것만 갖추면 금방 따라잡겠지, 이것만 있으면 해결될 거야!' 지름신이 강림해도 꿈에 부풀어 행복해할 뿐. 그러나 행복을 현실에서 이루려면 준비한 물건들을 마음껏 소진하려는 노력이 필요하다. 연습하고 도전하고 실패하고 반복하는 것을 몸으로 받아들여야 한다. 시간을 내줘야 하는 것이다. 그걸 알면서도 요가에도 수영에도 더 많은 시간을 내주지 못했기에 내게 남은 건 실력이 아니라 쓸모를 잃은 물건들이다.

그림을 배울 때도 마찬가지다. 그림을 그리려면 여러 가지 도구가 있어야 한다. 그 핑계로 자꾸 새 도구를 사들이게 된다. 하지만 온갖 준비물을 처음부터 완벽하게 갖출 필요는 없다. 멋들어진 도구가 구멍 난 실력을 메꿔 주지는 않는다. 옆에 굴러다니던 종이와 연필로 시작하자. 좋은 재료가 좋은 효과를 내기도 하지만 좋은 재료가 반드시 좋은 작품을 만드는 것은 아니다. 어떤 재료든 익숙해지는 게 가장 중요하다. 하나가 익숙해지면 다른 재료나 기법에도 두려움이 아니라 호기심이 생기기 때문이다. 내게 맞는 표현 방법은 도구와 그리는 행위에 익숙해지면 자연스레 찾을 수 있다.

하루는 이런 일이 있었다. 수채화 수업 시간에 그날 그릴 그림에 대해 설명하고 있었다. 잠시 설명이 멈추자 수강생이 말했다.

"선생님, 이건 뭐예요?"

"네? 걸레요?"

설마 내 화지 앞에 놓인 천 조각을 가리키는 건가 싶어 되물었다.

"이게 걸레라고요? 좋아 보이는데 이런 건 어디서 사요?"

순간 웃음이 터져 나왔다. 수채화 수업을 하면 붓의 물기를 닦기 위해 걸레로 쓸 수건을 준비해 오는데 그날따라 알록달록해진 그림용 수건이 보이지 않았다. 급한 대로 쓰고 버릴 생각으로 컵을 말릴 때 물받침으로 사용하던 패드를 가져왔다.

"쓰고 계신 수건이 더 좋아요. 쓰던 게 안 보여서 대신 가져왔는데 모가 빡빡해서 물기 흡수가 잘 안 되네요."

수강생의 자리를 슬쩍 쳐다보니 새것처럼 정갈한 수건이 펼쳐져 있었다. 저렇게 깨끗한 수건을 두고 흡수가 안 돼서 시커먼 물이 고인 걸레가 좋아 보인다니 귀엽지 않은가. 수강생은 걸레에서 관심을 거두고 다시 설명을 듣는데 이번엔 내 눈길이 자꾸 걸레에 쏠린다.

아마 그분이 원한 건 이 물받침용 패드가 아닐 것

이다. 잘 그리고 싶은 마음은 굴뚝같은데 생각처럼 쉽게 되지 않으니 선생님과 자신이 뭐가 다른지 관찰했으리라. 종이도 똑같고 붓도 똑같고 물감도 똑같고…… 그러다 평소와 다른 네모난 걸레가 눈에 띄었을 것이다. '저 걸레만 있다면!'

충분히 공감이 간다. 여름만 되면 오리발을 발에 끼워 보던 내 모습과 비슷하니까. 무언가 원하는 수준까지 실력을 끌어올리려면 시간을 들여 노력해야 한다는 것을 모르지 않지만, 가능한 한 빨리 이루고 싶은 걸 어쩌랴. 좋아하는 만큼 조급해진다. 하지만 이 조급함을 내려놓아야 한다. 그래야만 준비한 물건을 소진할 수 있다.

그림을 잘 그리려면 무수히 많은 연필이 닳아야 한다. 닳는 것이 어디 연필뿐일까. 물감이며 붓이며 하다못해 철로 된 팔레트도 닳아서 버려야 할 때가 온다. 깨끗했던 수건도 물감으로 얼룩져서 수십 장은 버려야 할 것이다. 어쩌면 재능 있는 사람이란 그 과정을 꾸준히 반복해 낸 사람일지도 모른다. 집 안 어딘가에 그림 재료가 있다면 그것부터 소진하자. 지름신이 강림해 화려한 준비물을 샀다면 산 것에 만족하지 말고 마음껏 쓰자. 이건 여름마다 오리발을 슬그머니 꺼내 보는 내게도 여전히 필요한 당부다.

잘 그렸다는 말,
못 그렸다는 말

"내가 그림을 못 그려서 좀 삐뚤다."

수줍게 내민 하얀 도자기 컵에 익숙한 그림이 그려져 있다. TV 만화로 유명해져서 장난감뿐만 아니라 물병이나 식판, 음료수, 옷, 물티슈 등에 이르기까지 아이들과 관련된 물품에서 빠지지 않고 등장하는 주인공이다. 얼마나 인기가 있는지 안경 쓴 펭귄 캐릭터라고 하면 그 이름이 바로 따라 나온다. 동그란 얼굴에 꼭 맞는 노란 모자를 쓰고 주황색 안경과 주둥이가 얼굴 전체를 차지한 모습이 매력적인, 뽀로로다. 파란색 비행복을 입고 목에 작은 머플러를 두른 채 손을 들고 웃고 있는 모습이 평소보다 훨씬 귀여워 보인 것은 아마도 뽀로로 형체를 따라 그린 테두리 선 때문일 것이다. 삐뚤빼뚤한 선으로 그려진 귀여운 녀석의 등장에 모두 박장대소하며 웃는다.

살면서 엄마의 그림을 본 적이 거의 없다. 그런 내 기억 속에 뽀로로가 엄마의 첫 그림으로 각인된 날이었다.

"이게 뭐야?"

엄마도 웃음 섞인 목소리로 말씀하신다.

"소윤이 선물."

"엄마가 뽀로로 그렸어?"

"그래, 이름이 그거 맞다."

도자기 페인팅 수업에 참여하셨는데 손녀에게 주고 싶어서 뽀로로 도안을 선택했다고 한다. 아이들에게 '뽀통령'이 인기 있다는 것을 어떻게 아셨을까? 할머니의 감으로 봐도 아이들이 좋아할 만한 캐릭터였는지, 아니면 괜스레 친근해 택한 것인지 모르겠지만 컵에 그려진 뽀로로는 엄청난 존재감을 발산하고 있었다. 선물은 조카 대신 올케가 받았다.

"고맙습니다. 소운이한테 할머니가 그렸다고 전해 줄게요."

"내가 그림을 잘 못 그린다."

선물을 주면서도 연신 실력이 부족하다며 민망해하는 모습에서 기쁨과 부끄러움이 동시에 느껴졌다. 직접 보지는 못했지만 엄마가 그림 그리는 모습을 상상해 본다. 새로운 것을 시작한다는 설렘, 손녀가 좋아해 주길 바라는 기대감, 마음처럼 따라 주지 않는 선을 그으면서 느꼈을 속상함을 생각하니 "엄마 진짜 잘 그렸다"라는 말이 절로 나와서 재차 말했다. 그러자 엄마는 한마디 남기고 자리를 뜨셨다.

"잘하기는 무슨……"

미술 수업을 하다 보면 수강생의 그림에 대해 이야기할 때가 많다. 대부분 장점을 짚어 내서 칭찬을 하는데 반응이 엄마와 비슷하다. '잘' 그렸다고 하면 '못' 그렸다고 되돌아온다. 때로는 손사래까지 친다. 취미 미술의 첫 번째 목적이 그림을 즐기는 것에 있다면 내 그림의 비교 대상은 걸출한 명화나 옆 사람이 그린 그림이 아니라 언제나 자기 자신이어야 한다. 즐겁게 그림을 그리고 내 그림 스타일에 대한 약간의 단서라도 찾았다면 당연히 칭찬받아야 하지 않은가. 그리는 중간 과정을 다 지켜본 사람이기에 전할 수 있는 진심이기도 하다. 하지만 대부분은 선뜻 자신이 잘 그렸다는 사실을 인정하지 않는다.

한번은 드로잉 수업에서 눈에 띄는 그림이 있었다. 인물의 뒷모습을 투박하고 간략한 선으로만 묘사했는데 특징을 상세히 살리고 꼼꼼하게 명암 처리를 한 다른 수강생들의 그림보다 더 눈길을 사로잡았다. 독학으로 우리네 소박한 일상과 삶의 정경을 담아냈던 화가 박수근의 작품에 등장하는 어머니들처럼 정감이 있었다. 이런 매력에도 불구하고 수강생은 자기 그림이 흡족하지 않았나 보다. 못 그렸고 그래서 더는 못 그리겠다고 했다. 다른 이들처럼 세밀한 묘사를 하고 싶은데 잘 안된다고도 했다. 나는 그분에게 박수근의 작품을 보여 주며 당신의 그림에 비슷한 특징이 있으니 그 특징을 더 살려 보라고 칭찬했다. 아이러니하게도 다른 이와 비교하지 않기 위해 또 다른 이의 그림을 들어 칭찬한 셈이지만 효과가 좋았다. 어느새 그분 얼굴에 웃음이 피어나고 다시 연필을 잡았으니.

내 눈에는 정말 모든 수강생의 그림이 멋져 보인다. 진심으로 '잘' 그렸다고 칭찬한다. 하지만 여기서 '잘'은 다양한 해석을 품을 수 있고 그래야 한다는 말을 덧붙이고 싶다. 능숙하게 그렸다, 아름답게 그렸다, 정확하게 그렸다, 적절하게 그렸다, 만족스럽게 그렸다, 멋지게 그렸다, 기발하게 그렸다, 창의력 있게 그렸다, 돋보이게 그렸다, 유머러스하게 그렸다, 신기하게 그렸다……. '잘'은 다 쓰기 어려울 만큼 많은 의미를 품은 말인 것이다.

어쩌면 수강생들의 '못 그린다'라는 말에도 여러 의미가 있을 것이다. 겸손의 표현일 수 있고 기준이 높아 겪는 좌절의 한탄일 수도 있다. 다만 '못 그린다'는 말은 포기하고 싶은 마음을 동반할 수 있어서 문제가 된다. '못 그리니까 더 열심히 해야지'가 아니라 '못 그리니까 하지 말아야지'로 흘러갈 수 있기 때문이다.

다시 생각해 보니 내가 '잘'이란 부사를 붙임으로써 오해를 자초한 것 같기도 하다. 그림은 잘잘못을 철저히 따지며 배워야 하는 분야가 아니다. 나의 '잘 그렸다'는 말에는 무수한 의미가 담겨 있었지만, 어쨌거나 그 말이 오해를 불러일으킨 것이다. 내가 '잘'이라는 표현을 쓰지 않는다면 상대의 '못' 역시 의미를 잃게 되지 않을까.

뽀로로 이후 엄마의 그림을 다시 본 적이 없다. 그날 서슴없이 나왔던 '엄마 진짜 잘 그렸다'는 감탄은 엄마가 다른 그림에 도전하는 데 도움이 되지 않았다. 만약 '잘 그렸다' 대신 '엄마 진짜 웃기게 그렸다'로 말했다면 어땠을까? 가족들이 박장대소하며 또 한 번 웃는 걸 보고 싶어서라도 한 번 더 그려 주시지 않았을까? 엄마의 그림은 뭐 하나라도 더 챙겨 먹이려고 정성껏 준비하는 음식처럼 사랑을 담았으니 말이다.

다 배우면 그릴게요

어떤 사람들은 선만 긋는 게 지겨워서 기초과정을 건너뛰고 싶다고 한다. 또 어떤 사람들은 오래 걸리더라도 선 연습부터 집중적으로 시켜달라고 한다. 어떤 사람들은 한 번만 그려 보고 자기 실력을 판단하고, 또 어떤 사람들은 몇 번이고 같은 것을 반복해 그리며 자기 능력을 테스트해 봐야 직성이 풀린다. 혼자 끙끙대며 몇 시간씩 노력하는 이가 있고, 여러 사람에게 조언을 구하며 애쓰는 사람도 있다. 선생님 손길로 보완해주길 원하는 이도 있고, 몇 번이고 홀로 수정해 보는 사람도 있다.

그 어떤 경우라 해도 이해되지 않는 태도가 없다. 그림은 학습 단계가 명확히 구분되어 있지 않고 완전히 마스터할 수 있는 분야도 아니기에 모두 각자의 방식으로 학습한다. 어제보다 오늘, 오늘보다 내일 조금씩 깊이를 더해 가야 한다는 것만 알 뿐.

"선생님, 다 배우면 작품 그리도록 할게요."

"지금 그리신 것도 작품이에요."

"아니, 이건 작품 같지 않은데요."

"왜요?"

"덜 배우고 그렸는데 이상하지 않으세요?"

"정확히 어디가요?"

"……"

그분은 한참 그림을 바라본 후 말했다.

"전부 다요."

"전부 다요?"

"네."

서로 눈이 마주치자 동시에 웃어 버렸다. 진짜 그렇게 생각하는 건지, 정확히 어디가 어떻게 이상한지 알지 못해 뭉뚱그려 표현한 건지 구분되지 않는다.

"그림 그리는 데는 끝이 없어요. 그래서 평생 배워야 해요. 다 배워서 작품 하시려면 평생 한 작품도 못 하시게요?"

그분에게 들려준 이야기를 비슷한 생각을 하는 다른 사람들에게도 해 주고 싶다. 잘 그릴 때 그리는 것이 작품이 아니다. 지금 그리는 모든 것이 작품이라는 생각으로 그려야 한다. '에이, 연습인데 어때' 하는 마음으로 그린다면 잘 풀리지 않을 때도 대충 넘겨 버리게 된다. 다음에 또 시도하며 개선하면 된다고 생각하지만 시간이 지나면 그 마음이 사라지는 게 문제다. 망각의 동물이자 고통을 싫어하는 동물인 인간은 으레 안 되는 건 다시 하려 하지 않는 편이다.

반면 처음부터 작품을 만든다는 생각으로 정성을 기울이면 끝까지 최선을 다할 가능성이 높다. 신중하게 그리게 되고 집중하게 된다. 그렇게 완성한 그림은 누가 뭐래도 스스로 애정이 간다. 만약 그리다 실패한다고 해도 부족한 부분을 보완해 다시 도전할 굳은 결심이 생긴다. 실패했다는 좌절감이 아니라 계속 발전해 나간다는 믿음이 생겨서 스스로 훌륭한 배움의 길을 가는 것이다.

예전에 같이 일했던 선생님과 그림책 일러스트를 배우러 다닌 적이 있다. 어느 날 그녀는 지하철역에서 나오는 길에 우연히 친구를 만났다. 친구가 어디 가는 중이냐고 물어 그림 배우러 가는 길이라고 했더니 깜짝 놀라며 이렇게 되묻더라고 했다.

"아직도 배울 게 남아 있어?"

그녀는 순간 창피한 마음이 들었다고 한다. 나도 그런 상황이라면 비슷하게 느꼈을 듯해서 고개를 끄덕이며 공감하는 데 그쳤지만 지금이라면 한마디를 덧붙일 것 같다. 부끄러워할 게 아니라 칭찬받아 마땅

한 일이니 개의치 말라고. 직장 생활을 하면서 틈틈이 뭔가를 배운다는 게 얼마나 대단한가. 더군다나 생소한 분야이거나 당장 필요한 지식이 아니라 아는 영역을 더 깊이 알기 위해 배우는 것이라면 더 큰 용기가 있어야 한다. 명색이 그림 선생이 왜 그림을 또 배우냐고 생각할 수 있을 텐데, 그림도 장르마다 특색이 달라 분야별 노하우가 존재한다. 장르별 특징을 알아야 자신의 개성을 효과적으로 표현할 길을 개척할 수 있다.

배움은 수행이다. 나를 내려놓고 시작해야 한다. 받아들일 준비를 해야 한다. 다 배운 후에 작품을 해보겠다는 말에는 겸손함이나 부족한 자신감 외에도 언젠가는 완벽한 그림을 그릴 수 있다는 오만한 생각이 비쳐 보인다. 배우면 누구나 할 수 있는 것이 그림이지만 아무리 배운다고 완벽해질 수 없는 것도 그림이다.

그림의 세계는 끊임없이 변화한다. 기술적인 면에서는 배움에 단계가 있지만 작품 스타일이나 표현에 있어서는 정답이 없다. 그림 대회나 공모전에서 순위를 매기는 일이 비일비재하지만 그것이 곧 실력의 척도는 아니라고 믿는다. 좋은 그림은 그린 사람의 개성에 시대적 감성과 가치관이 적절히 녹아들어 공감을 자아낼 수 있어야 한다. 그것마저도 무한하게 변화하기에 뚝 잘라 정의 내릴 수 없다. 끝이 없다는 건 어쩌면 평생 성장할 수 있다는 뜻이다. 우리는 매 순간 자신의 그림을 그려 나가면 된다. 어제보다 오늘, 오늘보다 내일 더 나아질 것을 믿으며.

그리지 않아도 그리는 중

내가 그림에 할애하는 시간은 얼마나 될까? 지난 일주
일을 통틀어서 서너 시간쯤 된다. 하루가 아니라 한 주
에 그만큼이니 길지 않은 시간이다. 그런데 일주일 내
내 그림을 그린 것만 같다. 손은 쉬고 있지만 머리로,
마음으로, 발로 계속 움직인 것이다. 그 증거가 사진이
다. 핸드폰 사진 폴더를 열어 보면 그림 그리기 위해
찍어 둔 사진이 이번 주에만 백 장이 넘는다. 다만 찍
었다고 해서 다 끝까지 남는 것은 아니다. 여유시간에
사진들을 다시 들여다보며 좋은 이미지를 고른다. 그
러다 보면 몇 장 남지 않는데 지난주에는 한 장도 남지
않았다. 실제로 볼 때랑 사진으로 담겼을 때의 느낌에
차이가 있어 애써 찍은 사진이 무용지물 되는 일이 더
잦지만 남은 사진을 보며 그림으로 그렸을 때의 느낌
을 상상해 보면 즐겁다.

　　직접 이미지를 찾아 돌아다니는 것뿐만 아니라
전시회에 가거나 도서관에서 자료 조사를 하는 시간
도 꽤 된다. 참고사항을 메모하거나 아이디어를 스케
치하며 기록으로 남기는 과정도 그림 그리는 시간에
포함하고 싶다. 이만하면 손재주만으로 그림이 탄생
하는 게 아닌 건 확실하다. 머릿속으로 그리고 지우고,

그리고 버리고 하는 시간이 적지 않기에 매일 몇 시간씩 쉬지 않고 그림을 그렸다는 착각이 드는 것이다.

수업에 와서 한 주 동안 아무것도 하지 못했다는 분들의 이야기를 들어 보면 손으로 그림을 그리지 않았을 뿐 생활에서 그림을 놓지 않았다는 것을 알 수 있다. 내내 그림 생각을 하진 않더라도 유튜브를 시청하거나 책을 찾아보며 공부한 분도 있다. 주말여행에서 그림으로 그리면 좋을 만한 풍경을 사진이나 글로 남겨 온 분도 있다. 아무것도 그리지 않은 순간에도 그릴 준비를 한 것이다.

가르치는 입장에서는 수강생들이 그릴 준비에 몰두하는 모습이 참 예쁘다. 어쩌면 정해진 기간에 규칙적으로 작품을 완성하겠다는 정량적 목표보다 중요한 게 '그림 생각'하는 시간일지 모른다. 부족한 부분을 연습하고, 그리고 싶은 주제를 생각하고, 자료를 백방으로 찾아보고, 원하는 작업 방향을 확인하는 시간들 말이다. 지금은 모르겠지만 그러한 작은 노력이 그림에 깊이를 더해 준다.

머릿속으로 구상이 잘되면 그리기가 훨씬 수월해

진다. 좋은 자료가 많아도, 그릴 대상이 풍부해도 마찬
가지다. 무작정 화지 앞에 앉아 있다고 해서 될 일이
아니라 경험과 자료, 느낌들이 그림을 그리게 한다.

"수업에 올지 말지 오기 직전까지 고민했어요."

"하루만 빠질까 생각했어요."

그 말을 할 수 있는 건 결국 참석했기 때문이다.

"그래도 나오길 잘하셨죠?"

"네, 오늘은 뭔가 좀 되는 것 같아요."

그림을 많이 그리지도, 잘 그리지도 못해서 하루
쯤 빠지고 싶던 마음을 돌려 화실로 향하는 발걸음은
얼마나 소중한가. 어떤 방식으로든 그림을 붙들고 있
었다면 분명 그린 것이다. 뭔가 좀 된다고 느끼는 날이
있다면 결코 착각이 아니다.

그리고 싶은 사람을 가르치는 마음

아침 일곱 시 알람이 울리자 감긴 눈으로 침대에서 몸을 일으킨다. 창가로 걸어가 커튼을 걷고 욕실로 향한다. 시원하게 볼일을 보고 꼼꼼히 양치질을 한다. 빨간 땡땡이 무늬가 있는 노란 셔츠를 입고 어울릴 만한 넥타이를 고른다. 라디오 음악을 들으며 간단한 식사를 한 후 외투와 모자를 걸치고 밖으로 나간다. 엘리베이터에서 내려 건물 밖으로 나와서 길을 걷는다. 눈길을 끄는 상점 앞에서 물건을 구경하는데 때마침 지나가는 차에 물이 튀어 바지가 젖는다. 개의치 않고 신문을 사서 틈틈이 읽으며 지하철로 향한다. 만원 지하철 안에서 못다 읽은 신문을 다시 읽는다. 목적지에 도착하자 지하철 문에서 쏙 빠져나와 역 밖으로 나온다. 꽃다발과 맛있는 음식을 사서 어딘가로 들어선다. 누군가에게 꽃다발을 전해 주고 조금 더 걸어간다. 건물 안으로 들어서자 탈의실이 있다. 옷을 갈아입고 팔다리를 쭉쭉 움직여 준비운동을 한다. 악어 씨의 업무가 시작됐다.

글 없이 그림만으로 이루어진 《악어 씨의 직업》이란 그림책의 내용이다. 제목만 보고서 악어 씨의 직업이 궁금해 고른 책인데 들여다보니 그의 일상도 사랑스럽다. 글 하나 없는 그림책이 이렇게 재밌다니. 깜짝 놀랄 만한 반전은 마지막에야 등장하고 중간에 웃음 포인트도 없는데 재밌다. 악어 씨의 평범한 일과를 눈으로 좇는 것만으로도 깊은 여운이 남는다.

필시 그림이 마법을 부린 것이다. 보는 사람의 마음을 빼앗는 그림이 있고, 무릎을 치며 공감하게 하는 그림이 있다. 미치도록 그리고 싶게끔 부추기는 그림도 있다. 유려한 솜씨를 자랑하는 게 아니라 이야기를 들려주는 이런 그림들을 보고 있노라면 나도 그림으로 이야기를 들려주고 싶다는 욕심이 생긴다.

그림은 시각적 이미지지만 해석에 따라 읽을 수 있는 이야기의 폭이 달라진다. 가시적 표현법에 집중해 감상할 수도 있지만 점 몇 개에서, 붓이 오간 자리에서 작가가 숨겨 놓은 상징을 읽어 내거나 내가 찾고 있던 보물로 향하는 지도를 발견하기도 한다. 특히 지금 나의 감정과 생각에 꼭 맞아떨어져 마치 나를 위해 존재하는 듯한 그림을 만나면 진한 감동을 느낀다. 그럴 땐 나는 어떤 그림을 그리고 싶은지, 그 그림이 감상자에게 어떻게 보였으면 좋겠는지를 같이 생각해 보게 된다.

어떤 그림을 그리고 싶으냐고 어른들에게 물어보면 보통 '풍경화를 그리고 싶다' '인물화를 그려 보고 싶다' '간단한 드로잉에 관심이 있다' '수채화에 관심이 있다' 등으로 대답한다. 그러다 아이들의 진솔한 이야기를 들을 때면 같은 질문에 나는 뭐라고 대답할 수 있을지 상상해 보게 된다.

"저는 사마귀에 관심이 많아요. 세상의 모든 사마귀를 다 그려 보고 싶어요."

"요즘 거리에 대해 배우고 있어요. 태양과 지구의 거리를 실제처럼 그림으로 그려 보고 싶어요. 도화지 많아요?"

"먹고 싶은 음식을 그려 보고 싶어요. 배고파요."

아이들의 대답엔 반전이 있다. 그 솔직한 답변을 듣다 보면 이런 것도 그림이 되는구나 싶어 놀랍다. 그에 비해 어른들이 그림에 기대하는 바는 너무 두루뭉술하지 않은가. 조금 더 사소한 이유를, 틀을 깨는 대답을 찾아봐도 좋지 않을까, 그림에서만큼은.

두루뭉술하기로는 둘째가라면 서러울 나에게 같은 질문을 해 본다. '어떤 그림을 그리고 싶은가?' 내가 그리고 싶은 그림은 함께한 이들과의 좋은 순간, 그 느낌과 생각을 다른 이들에게 새롭게 전달하는 그림이다. 예를 들면 이런 것이다. 사마귀에 관심이 많다는 이 아이는 왜 사마귀가 좋을까에 대한 나의 상상이 담긴 그림(혐오 곤충 1순위가 사마귀인 나에겐 새로운 공감과 도전을 불러일으킬 것 같다), 태양과 지구의 거리를 알고 싶은 아이가 자라면 사람과 사람 사이의 거리도 그만큼 멀어질 수 있다는 것을 느낄 때가 올까 하는 궁금증을 담은 그림.

그리고 질문을 조금 틀어 내게 그림 가르치는 이유를 물어본다면 그땐 뭐라고 답할 수 있을까? 아마도 이렇게 다양한 이유로 그림을 그리고 싶어 하는 이들의 이야기가 궁금하고 그 결과물이 궁금해서가 아닐까. 그들의 이야기가 그림이 되어 가는 과정을 돕고 그리는 모습을 곁에서 지켜보는 게 내게는 또 다른 그림을 그리는 일처럼 느껴진다. 그들에게 그리고 싶은 마음이 있다면, 내게는 잘 가르치고 싶은 마음이 있다.

당신의
그림도
나아질 수 있다

'빨리'의 함정에서 빠져나오기

일러스트레이터 프로그램으로 그림을 그려서 블로그에 소개한 적이 있다. 아이들을 가르치며 일어난 일과 일상 이야기를 그림일기로 연재해 보면 재밌겠다는 생각으로 겁 없이 시작한 웹툰이었다. 아이들과 있으면 엉뚱하고 기막힌 일들이 끝도 없이 일어나니 소재가 막힐 리 없고, 컴퓨터 프로그램으로 그리면 되니 수작업보다 수월할 테고, 라인 드로잉으로 표현하면 채색에 대한 부담감도 줄어들 테니 해 볼 만하다고 생각했다. '인기 있어서 소문이라도 나면 어쩌지?' 시작하기도 전에 김칫국부터 들이켰다. 그 뿐얀 상상은 연재 시작과 동시에 무너졌다. 첫 연재를 위해 온종일 컴퓨터랑 씨름하느라 녹초가 되어 버린 것이다. '뭐가 이렇게 어려운 거야! 빨리 안 되네.'

그나마 재밌다고 격려해 준 이웃들이 없었으면 연재 첫날이 곧 마지막 날이 됐을 것이다. 자신이 구독하는 것은 물론이고 지인과의 '단톡방'에 접속 링크를 공유하면서 백방으로 홍보해 주는 모습에 컴퓨터 작업에 찌든 마음은 둘째치고 더 잘해 봐야겠다는 사명감이 솟아올랐다. 그렇게 몇 편을 더 만들었지만 한계는 7편까지였다. 몇 시간씩 컴퓨터 앞에 앉아 있는 게 보통 고역이 아니었다. 점차 작업 속도가 빨라질 법도 한데 퇴보라도 하듯 더 느려지는 건 왜였을까? 나의 상황과는 딴판으로 매일 순조롭게 업로드되는 이웃 블로거들의 웹툰을 감상하며 이런 생각을 했다.

'잘 그리니까 매일 그리겠지.'

정신이 번쩍 들었다. 그들이 얼마나 오랫동안, 얼마나 꾸준히 그렸는가 하는 진실을 잊은 것이다. 빨리 업로드하고 싶은 마음에 다른 이의 노력을 멋대로 모르는체했다. 나는 그들처럼 웹툰 분야에서 '오래되지' 않았다. 컴퓨터 작업을 해 본 적 없고, 귀여운 2등신 그림을 그려본 적도 거의 없었다. 마우스보다는 붓이 편하고, 단순하게 인물의 특징을 포착해 내는 센스보다 설명하듯이 꼼꼼히 그린 그림이 익숙했다. 그런데도 빨리 해치울 생각만 급급했던 것이다.

종종 '빨리'라는 단어는 그림 잘 그리는 것과 깊은 관련이 있는 것만 같다.

"어쩜 이렇게 빨리 그리세요?"

"잘 그리니까 빨리 그리나 봐요."

"빨리 그리고 싶은데 그게 안 돼요."

"스케치 없이 슥슥슥 빨리 그릴 수 있는 그런 그림들 있잖아요."

아니, 그런 그림은 없다. 내가 그림을 빨리 그리는 것처럼 보였다면 이미 여러 번 그려 봐서 그럴 뿐이다. 쉬워 보이는데 처음 그리는 그림과 어려워 보이는데 많이 그려 본 그림 중에 무엇이 더 어렵냐고 묻는다면? 쉬워 보이지만 처음 그리는 그림이라고 답하겠다. 처음인데 잘 그린다면 그만큼 익숙한 대상일 확률이 높다.

평소 수업 시간에 '쉽고 재밌게'라는 말을 자주 쓴다. 수업 계획안을 짤 때도 두 가지를 염두에 두고 구상한다. 직접적인 그리기 노하우를 알려 주기보다 '쉽고 재밌게' 노는 듯 그림 그리고 돌아갈 수 있는 내용으로 구성한다. 그 마음이 전달되기라도 한 듯 나의 수업에 관해 '쉽고 재밌다'는 평이 많다. 직접적인 그리기 노하우를 알려 주는 것도 도움이 될 수 있지만 그건 '빨리 그리기' 전법에 가깝다. 그에 반해 '쉽고 재밌게'는 '느리게 그리기' 전법이라 할 수 있다.

후자를 고집하는 것은 그에 대한 믿음이 있기 때문이다. 천천히 쌓은 실력은 쉽게 무너지지 않는다. 그에 반해 빨리 익힌 노하우는 허술하다. 거기에 기대다 보면 아무런 도움 없이 혼자 그려야 할 때 막막해진다. '빨리'와 '안 된다'가 짝꿍이 되어 '못 하겠다'고 결론 내리게 된다. '빨리'란 속도를 의미하는 말일 뿐, 할 수 없는 이유가 될 수 없다는 것을 마음에 새겨야 한다.

그림 그리기는 여백을 채워 가는 과정이다. 우리 가 사는 것도 인생에 남은 여백을 채우는 과정이라고 볼 수 있다. 여백은 확정적 공백이 아니라 채움과 비 움 사이의 미지의 영역이다. 누군가는 다 채우고 누군 가는 조금 채운다. 누군가는 세필로 그리듯 꼼꼼히 채 우고 누군가는 큰 붓이 훑고 지나가듯 스르륵 채운다. 어떻게 채우느냐에 따라 비워진 부분의 느낌도 달라 진다.

채우고 비우기를 끊임없이 반복하며 노력했던 대 가들의 작품에선 그림이 텅 비어 있어도 꽉 찬 느낌을 받는다. 그런 그림 앞에서 '빨리 그렸네' 하지 않는다. 점 하나만 찍혀 있어도 어떤 의미로 채웠는지 알고 싶 을 뿐이다. 더군다나 그 그림은 빨리 그린 게 아니다. 작가의 온 생이 걸려 점 하나를 찍은 셈이니.

스케치북 한 장 두 장의 성실함

뭔가가 쉽게 되지 않을 때 변명거리를 찾게 된다. 그림 가르치며 제일 많이 듣는 변명은 재능이 없다는 것이다. 그럴 때마다 재능이 중요할 순 있어도 전부는 아니라고 이야기해 주지만 믿지 않는 눈치다.

"선생님은 잘하니까 이 마음을 모르겠지만 저는 진짜 재능이 없는 것 같아요."

"저랑 안 맞나 봐요. 그림은 재능 있는 사람이 해야 하는 거예요."

과연 그럴까? 마음의 속도에 실력이 따라가지 않아 속상한 것은 충분히 공감하지만 재능이 있어야 그림을 그릴 수 있다는 말에는 동의하지 않는다. 나야말로 오랫동안 재능 있는 사람을 부러워하고 동경해 왔으니까. 다만 내색하지 않을 뿐이다.

"만약 제가 잘하는 것처럼 보인다면 많이 그려 봐서 그런 거예요."

"누군가가 재능 있어 보인다면 그만큼 노력한 결과라는 걸 알아주셔야 해요."

이러한 조언이 '그러니까 당신도 무조건 열심히 하세요'라는 뜻은 아니다. 그런 뜻으로 위로했다간 듣는 이가 금방 지쳐 버릴 걸 안다. 그보다는 배움에도 요령이 필요한데 이 요령은 시간을 들여야 얻어지니까 조바심을 내려놓으라는 뜻에 가깝다.

지치지 않으면서 꾸준히 하려면 같은 입장인 사람들과 비슷한 심정을 공유하는 것이 도움이 된다. 그리는 것보다 그리는 걸 이야기하는 게 더 즐거울 때도 있다. 잘 표현되지 않는 부분이 비슷할 땐 한껏 예민했던 마음이 언덕에 기댄 듯 둥그레지며, '내가 그나마 나은 편이구나' 싶으면 실낱같은 용기가 솟는다. 때로는 자기만의 노하우를 조언하기도 한다. 그리는 것만큼이나 그리는 과정에 대한 공감과 소통도 중요한 것이다. 혼자 끙끙대기보다 누군가와 속 시원하게 대화하는 게 훨씬 도움이 되는 건 수강생들 눈엔 못 그리는 게 없어 보이는 나도 마찬가지다.

올 초부터 시작한 꽃 그림 모임이 있다. 매주 수요일 저녁 줌으로 만나 다양한 식물과 표현 방법에 대해 알아 간다. 일주일간 그린 그림을 공유하며 의견을 나누는 방식이다. 모임 구성원들은 미술을 전공하거나 미술과 관계된 일을 하는 사람들이다. 미술을 전공하고 평생 그림 그리며 살아왔어도 작가 활동을 하지 않거나 일부러 일을 벌이지 않으면 특별한 이유 없이 자신을 위해 그리는 일을 멈추게 된다. 그러다 간절히 그리고 싶은 순간이 다시 온다. 새롭게 시작하고 싶다는 마음과 무엇부터 어떻게 해야 할지 모르겠다는 막막함 사이를 오가다 보면 이런 모임을 찾게 되는 것이다. 모임의 목표는 뚜렷하다. 내년까지 식물을 연구해서 꽃 그림책을 제작하는 것. 물론 그리기 시작하면 여지없이 그리는 일 자체가 궁극적인 목적이자 즐거움이 되어 버린다.

이미 그리는 데 익숙한 사람들이라 꽃을 그리는데도 큰 어려움이 없으리라 생각했지만 막상 해 보니 만만치 않았다. 예뻐서 그리던 꽃에서 사람들에게 알리려고 그리는 꽃이 되자 부담감이 더해졌다. 자료조사를 해서 식물의 특징을 꼼꼼히 파악하지 않으면 꽃잎 한 장 채우는 것조차 어려웠고, 형태가 맞는지 아닌지 구분해 가는 과정은 스케치 선을 처음 배워 나가는 단계만큼이나 더디게 진행됐다. 붓을 들 때마다 그림이 뚝딱 나오면 얼마나 좋을까? 바쁜 일정이 이어지다 보니 작업량도 많지 않았다. 이는 모임에 참여한 모두가 마찬가지였다.

그렇다 보니 모임이 시작되면 대략 이런 장면이 펼쳐진다. 우선 서로 민망해하면서 변명의 시간을 갖는다. '너무 피곤해서 잤다'는 말은 내가 제일 많이 하는 변명이다. 체력적 한계에 대해 늘어놓으며 몇 시간 잤는지로 마무리하는데 다들 인내심이 좋은지, 비슷한 체력 저하를 겪고 있는 건지 고개를 끄덕이며 들어 준다. 각자의 핑계 레퍼토리가 반복되다가 드디어 꽃 그림에 대한 이야기로 옮겨 간다.

여기서 한 가지 분명한 것은 그 누구도 반복되는 변명 속에서 부족한 재능을 탓하지는 않는다는 점이다. 우리는 암묵적으로 인정하고 있다, 시간의 힘을. 설령 진도를 전혀 나가지 못하고 있다고 해도 포기하거나 완전히 손을 놓지 않는다. 허허 웃어넘기며 다음에 더 열심히 해 보겠다는 같은 약속을 한다.

누군가는 그림을 그릴 줄 아니까 느긋하게 구는 게 아니냐고 할지 모르겠지만 이는 느긋하다기보다 믿는 구석이 있는 쪽에 가깝다. 스케치북을 한 장 두 장 채우며 시간을 보내 본 사람들이 믿는 종교 같은 게 있다. 바로 '시간의 힘'이다. 이런 모임을 일 년쯤 하고 나면, 매일 열심히 하진 못해도 모임에 빠지지 않고 스케치북 열고 연필 잡는 일을 잊지만 않는다면 언젠가는 '시간의 힘'이 발휘된다는 것을 알고 있다. 한 권의 스케치북이 다 차면 첫 장과 마지막 몇 장만 펼쳐 비교해도 알 수 있다. 자신의 출발점이 어디였는지, 지금은 어디까지 와 있는지를. 결국 각자의 스케치북은 스스로 채워 나가야 한다는 사실을, 그렇게 쌓여 가는 시간의 힘을 너무나 잘 알고 있다.

물론 재능에 대한 생각이 완전히 사그라지진 않아서 맘속 한편에 가만히 똬리를 틀고 호시탐탐 포기할 기회를 노린다. 그것은 그리는 순간뿐만 아니라 삶의 다양한 순간들에 침투한다. 지금 이 글을 쓰는 순간에도 서너 줄 쓰고 지우기를 반복하면서 나의 글쓰기 재능이 부족하다는 생각에 우울해질 정도니까. 하지만 재능의 유무로 그 일을 계속해 나갈지 말지를 판단한다면 세상에 할 수 있는 일이 몇이나 남겠는가.

"시간과 정성을 들이지 않고 얻을 수 있는 결실은 없다"라는 그라시안Baltasar Gracián(스페인의 대철학자이자 신부)의 말처럼 설사 재능이 있더라도 성실함이 받쳐 주지 않으면 좋은 그림이 나오지 않는다. 그러니 무슨 일을 할 때 재능 유무로 더 할지 말지를 판단 내리는 버릇은 버리자. 부족한 재능을 핑계 삼는 것은 그것을 꾸준히 해 나갈 용기가 부족해서이다. 혹은 시간의 힘에 대한 믿음이 부족하거나. 그냥 속 시원하게 내게 신이 준 재능은 없다 치고 그런데도 내가 좋아하는 이 일을 언제까지 얼마만큼 해 나갈 수 있을지, 나의 용기에 대해서 묻자. 그래도 계속하고 싶다면 하는 것이다.

　　단 한 번의 결석도 없이 매 수업에 참여하는 분들이 있다. 내 눈엔 그분들이 제일 잘 그린다. 결국엔 스케치북 한 장 두 장을 겹겹이 채워 가는 성실함의 힘이 발휘될 것이다.

기준선을 부끄러워하지 말아요

보통 그림을 그릴 때 기준선을 긋고 시작한다. 기준선을 그리면 그림의 전반적인 흐름을 더 쉽게 잡아 나갈 수 있고, 이는 세밀한 부분의 관찰이나 묘사 전에 이루어져야 한다. 그림의 큰 방향이 잡히면 막막함이 줄어든다. 구도를 잡거나 대상의 크기나 비율 등을 조절할 때 기준선이 말 그대로 기준이 되어 눈앞 혹은 머릿속 이미지를 화지 위에 어떻게 펼칠지 가늠하게 한다.

가끔 인생에도 이런 기준선이 있다면 도움이 되지 않을까 하는 생각이 든다. 삶 전반의 기준을 먼저 잡은 뒤 구간마다 디테일을 채워 가면 인생살이가 조금 더 수월해지지 않을까 하는 생각. 공부하라 할 때 공부하고, 돈 모으라고 할 때 돈 모으고, 결혼하라 할 때 결혼하는 걸 싫어했으면서도 기준선 타령을 하고 있다. 하지만 그러한 사회적 기준은 엄밀히 말해 잣대에 가깝다. '잣대'와 '기준'은 다르다. 잣대가 남의 눈높이에 맞춘 커트라인이라면, 기준은 나를 받쳐 주는 지지대다. 기준은 나로부터 출발한다. 무엇을 하고 싶은지, 그것을 이루려면 어떻게 해야 하는지를 남이 아니라 나에게 묻는다. 구체적으로 캐물을수록 좋다. 긴 인생살이 동안 사람의 생각도 변하게 마련이므로 때때로 기준선을 바꿔야 할 수도 있다. 현실적인 상황에 집중하며 지금 내가 행복할 방법을 찾아가면 된다.

다시 그림 이야기로 돌아와, 언젠가 이런 질문을 받았다.

"그림 잘 그리는 사람은 기준선 없이 바로 그려야 하는 게 아닌가요?"

아무래도 그림을 처음 시작하는 분이 많다 보니 스케치를 하기에 앞서 기준선 긋는 연습부터 시킨다. 몇 개의 선으로 그림의 큰 구도를 잡고, 그릴 대상을 먼저 두루뭉슬하게 도형 모양으로 그리며 위치와 형태를 잡아 가도록 시킨다. 이러한 안내가 그림에 서툰 사람만 기준선을 그리는 것으로 오해하게 했나 보다.

질문한 수강생의 그림은 깔끔하게 정돈된 느낌이다. 선도 깨끗하고 그림에 감정도 넣을 줄 안다. 다른 분들이 부러워하는 세련된 분위기가 살아 있다. 그만큼 최선을 다했을 것이다. 꼼꼼한 성격이라 뭐 하나 대충 넘기는 게 없는데 새로운 그림을 그리기에 앞서 또다시 기준선부터 잡으라고 하니 답답했을 것이다. 또는 작업의 어려움에 대해 위로해 주길 바라거나, 이 정도로 열심히 했으니 이제는 바로 스케치로 넘어가도 되지 않겠느냐고 은근한 기대를 담아 물었을 것이다.

그분 말처럼 기준선을 긋는 작업이 필수적인 것은 아니다. 말 그대로 그리기에 기준이 되는 선일 뿐이다. 큰 구도만 잡아놓고 채색에 들어가기 전 깨끗이 지우거나 스케치 선의 일부로 남겨 느낌을 보완하는 등 마음대로 응용하면 된다. 하지만 나조차도 아주 간단하게라도 기준선을 긋고 그림을 시작하는데 그건 왜일까? 기준선을 그려서 안 좋은 점보다 이로운 점이 더 많기 때문이다. 기준선을 잘 활용하면 할수록 그림 그리기가 쉬워진다.

그림은 단기에 능숙해질 수 있는 분야가 아니기에 기본 과정을 충실히 밟아 나가는 것이 가장 빨리 실력이 느는 방법일 수 있다. 기준선이 필요 없어서 안 긋는 것과 도움이 필요한데도 안 긋는 것은 다르다. 좋아하는 마음으로 시작했다가 지쳐 심란해지면 다시 처음의 마음을 꺼내 보며 노력하는 것도 그림 그리기에 필수적인 과정인 것 같다. 때로는 따로 마음 수련이 필요하지 않겠구나 싶기도 하다.

그림도 삶도 완성될 때까지는 걸작이 될지 졸작

이 될지 알 수 없다. 다만 좋은 작품으로 가꾸어 갈 수 있도록 기준선을 여러 번 잡아 보는 걸 부끄러워하지 말았으면 한다. 선을 한 번에 긋지 못한다고 실망할 필요 없다. 선을 여러 번 긋는다고 엉망이 되는 게 아니다. 구불구불한 선이 많다고 걱정할 필요도 없다. 지금 그 선들은 더 명확해져 가는 중이다.

자주 쓰는 색을 찾아보세요

멀리서 봐도 누구 그림인지 알 때가 있다. 색만 봐도 느낌이 온다. 사람에 따라 자주 쓰는 색이 있고 같은 색이라 해도 농도나 톤에서 미묘한 차이가 있기 때문이다. 그림을 몇 번 같이 그리다 보면 서로의 색을 알아차리게 된다. 색감은 그 사람에게서 느껴지는 분위기랑 비슷하다. 밝고 씩씩한 사람이 있고 차분하고 정적인 사람이 있듯 그림에 사용한 색에서도 성향이 나타난다. 유독 사용하는 색감의 폭이 다양한 분들이 모인 반이 있는데 이분들의 대화에 항상 빠지지 않고 등장하는 단골 주제가 색 이야기다.

"색감이 너무 좋아요. 어떻게 이런 분위기를 낼 수 있어요?"

"저는 매번 칙칙하게 느껴져서 고민이에요."

"전혀 그렇지 않아요."

"좀 밝게 칠하고 싶은데 안 되더라고요. 이 그림처럼 환하게요."

서로 좋다고 가리키는 그림이 다르다.

"이렇게 밝은 건 색을 섞지 않고 원색을 사용해서인가요?"

"아니요. 저도 색을 섞어 썼어요. 한 번에 칠해서

그렇게 보이는 걸 수도 있어요."

"한 번 만에요? 그게 참 어렵던데요."

"저는 여러 번에 걸쳐 칠하는 게 어려워요. 그러다 보면 꼭 색이 탁해지거든요."

처음에는 다른 사람의 그림 스타일을 부러워한다. 비슷한 색감을 따라 시도해 보기도 하지만 그런다고 해서 똑같은 분위기가 나오지 않는다. 한계를 깨닫고 이내 원래 스타일로 돌아가는데, 자신의 장점을 발전시켜 나가는 편이 훨씬 자연스럽고 자기 마음에도 든다는 것을 은연중에 깨닫기 때문이다.

채색은 그림의 큰 인상을 좌우한다. 같은 스케치라도 어떤 색을 칠하는지에 따라 전혀 다른 그림이 된다. 아무리 사물이 가진 실제 색을 재현하는 데 초점을 맞춘다 한들 그린 사람의 분위기를 따라간다. 개성이 강한 사람을 보면 흔히 자기 색이 뚜렷한 사람이라고 표현한다. 한때는 그런 말을 듣는 사람들이 부러웠다. 매사 헤실헤실 웃고 다니는 성격이다 보니 나도 나만의 색을 찾고 싶었다. 그림 그리는 사람이라면 자기만의 색깔이 있어야 하지 않겠나 싶어 더 조바심이 났던 것 같다.

예술적으로 재능 있고 감각 있는 사람은 보라색을 선호하는 경우가 많다고들 한다. 실제 주변인들에게서도 그런 인상을 받아 나도 의도적으로 보라색을 좋아하려고 애썼다. 결론은 색깔로 거짓말하면 안 된다는 것. 여기저기 보라색을 칠해 봤지만 아름답게 보이거나 나다워 보이기는커녕 어색하기만 했다.

가르치는 일을 처음 시작했을 때 나는 '파랑반 선생님'이었다. 청명하고 짙은 파란색으로 화실 문을 칠했는데 그게 맘에 들었다. 모두 그 색으로 나를 불렀다. 언젠가부터 빨강이나 노랑도 자주 사용한다는 사실을 깨달았다. 알고 보면 나는 선명한 원색을 좋아하는 걸까. 아니면 에너지 넘치는 아이들과 오래 함께한 덕분에 밝은 기운에 물든 게 아닐지. 더 이상 보라색에 대한 미련은 없다. 예뻐하는 색과 자주 찾는 색에는 차이가 있다. 부러워하는 것과 할 수 있는 것에 차이가 있듯이. 부러운 게 있다면 그걸 똑같이 따라 하기보다 응용해 보는 편이 나의 발전에 훨씬 도움이 된다는 것을 이제는 안다. 그래서 색깔 찾기가 중요하다. 나를 알아 가는 것 말이다.

내 개성에 맞는 색깔을 찾고 싶다면 다른 사람이 그린 그림들을 비교하며 마음을 끌어당기는 색과 느낌을 찾아내는 시도부터 해 보라. 그림 비교라고 해서 누가 더 잘 그렸고 못 그렸는지, 어디가 어색하고 이상한지를 찾으라는 게 아니다. 예술은 우위를 따질 수 없는 분야다. 그림을 볼 때 집중적으로 따져 봐야 하는 것은 그림이 그린 사람의 생각을 표현하는 수단이라는 사실을 인지하고 그가 어떤 사람이며 어떤 이야기를 하고 싶어 하는지를 살피는 것이다. 충분한 시간을 두고 많은 그림을 감상하며 자기만의 색깔을 찾아가길 바란다. 세상에는 정말 많은 색깔이 있다.

그림 안에 나 있다

하루에도 몇 번씩 거울을 본다. 눈, 코, 입…… 어제도 보고 오늘도 보았지만 막상 자신의 모습을 그리라고 하면 내 얼굴이 기억나지 않는다. 눈꼬리를 어디까지 올려야 할지, 코끝을 얼마만큼 둥글게 해야 할지, 입술이 어느 쪽으로 살짝 기울어 있는지 헷갈린다. 애써 그려 놓으면 내 모습이 아니라 다른 사람 같다.

그런데 다른 사람 모습을 그리라고 하면 신기한 일이 벌어진다. 눈이며 코며 입술이며 어떻게 표현해야 할지 망설이게 되는 건 비슷하지만 다 그린 다른 사람 얼굴에서 자기 모습이 보인다. 나를 그리라면 잘 생각나지 않고 다른 이를 그리라면 나를 닮게 그리는 것은 왜일까?

사람뿐만이 아니라 동물도 마찬가지다. 같은 종, 같은 포즈의 동물을 그리는 경우에도 그리는 사람의 분위기를 닮은 모습이 나온다. 한번은 수업 시간에 붓 터치 연습을 위해 새를 그리게 했다.

"붓 터치가 부드러워서 금방 알에서 나온 아기 새 같아요. 덩치는 큰데 털이 촉촉이 젖은 느낌이 나고 눈망울도 순해요."

"짧은 선이 힘 있게 들어가 있어서 강인해 보여요.

눈망울도 또랑또랑하고 힘도 셀 것 같아요. 덩치가 작고 귀여워도 행여 싸움이라도 나면 이 새가 이기겠어요."

수강생들이 그림을 보고 감상을 이야기하다가 그림과 그린 사람을 번갈아 보며 한바탕 웃었다. 딱 봐도 그림과 닮아 보였기 때문이다.

"제 성격을 알고 그렇게 말씀하신 줄 알았어요."

또 한 번은 캐릭터 그리기를 한 후 그림을 한데 모아 펼쳐 놓고 감상하는 시간을 가진 적이 있다. 서로 안면이 없는 사람들이 모인 수업이어서 누구 그림인지 모른 채 감상평만 나누었는데 그중 한 분이 물었다.

"이건 누가 그린 건가요?"

내가 손짓했다. "저분이요." 그 말과 함께 일제히 그분을 쳐다보았는데 여기저기서 같은 반응이 나왔다.

"와! 닮았네요."

종이엔 다섯 명의 캐릭터가 그려져 있었다. 동그란 얼굴에 2등신 몸, 머리카락 몇 가닥과 점으로 찍힌 눈을 가진 캐릭터 속에도 그린 사람의 특징이 고스란히 드러나 있었다.

그리라고 하면 어렵긴 해도 세상에서 제일 익숙한 게 자기 모습이다. 어떤 그림을 그리든 자신이 드러나는 것은 그 때문이리라. 우리는 생각보다 자신을 잘 알고 있다, 겉모습이든 성격이든 분위기든. 그림은 솔직해서 평소 좋아하는 내 모습이 드러날 수도 있지만 숨기고 싶던 모습까지 드러나 버리는 바람에 불편한 마음이 들 때도 있다.

내 모습을 알고 싶다면 가볍게 나만의 캐릭터를 그려 보기를 추천한다. 그리는 동안 자신에 대해 많은 생각을 하게 될 것이다. 동물을 의인화해서 나를 표현해 보는 것도 좋다. 자화상을 잘 그리지 않았다는 클림트의 그림을 보고 깜짝 놀란 적이 있다. 자기 모습을 닭으로 표현했는데 누가 봐도 클림트가 환생한 닭처럼 보였다. 그의 솜씨와 재치에 웃음이 났다.

우리는 매일같이 변화하지만 그렇기에 더욱더 지금의 나를 잘 아는 것이 중요하다. 내가 어떤 사람인지 궁금하다면 내가 그린 그림에서 단서를 찾아보자.

다르게 보아야 보이는 것들

요즘은 수업 시작 전에 숙제 검사가 있다. 숙제를 따로 낸 적이 없는데 다들 숙제처럼 그림을 그려 오신다. 일주일간 각자가 작업한 그림을 감상하고 서로 질문하며 격려한다. 자기 그림을 보여 주며 가장 많이 하는 이야기는 힘들었던 표현에 관해서다. 다음으로는 부족한 부분이나 고칠 부분이 없는지 다른 사람의 의견을 묻는다. 힘들었던 과정은 공감해 드리고 부족한 부분은 꼼꼼히 살펴 조언한다. 누군가 스케치북을 펼칠 때마다 우르르 몰려가 함께 구경하고 이야기하는 이 시간은 소중하다. 그림에 대한 우리의 안목을 키워 준다. 취향은 제각각일지라도 좋은 작품엔 다 같이 반한다.

"선생님, 아까 그 그림 있잖아요."

"직접 그려 오신 거요?"

"네. 그림 보면서 괜찮다고 했잖아요."

"맞아요. 진짜 좋았어요."

"사실 저도 좋았어요."

조금 전 그분의 그림을 보며 '폭풍 칭찬'을 했었다. 한사코 잘 그리지 못했다며 손사래를 치고도 내심은 조금 달랐나 보다. 종종 내가 하는 칭찬이 진심 같지 않다는 오해를 받곤 한다. 뭐든 다 좋게 본다는 것이다. 하지만 오해는 금방 풀린다. 다른 사람들도 같은 칭찬을 하기 때문이다. 게다가 그림의 주인 스스로도 자기 작품을 좋게 보고 있을 때가 많다. 열심히 했기에 어느 정도 만족스러운 것이다.

"모두가 이야기한 그대로 믿으셔도 돼요. 다들 안목 높으시잖아요."

"그러니까요. 처음엔 아무리 해도 마음에 안 들어서 던져 놓고 잤다니까요."

"네?"

"제 의도와 다르게 그려졌거든요. 색이며 선이며 마음에 들지 않았어요. 근데 일어나서 다시 보니까 괜찮더라고요."

"잠시 쉰 게 도움이 됐네요."

"네. 디테일이 아니라 전체가 보였어요. 전체적인 분위기가 마음에 들더라고요."

추상 미술의 세계를 창조한 바실리 칸딘스키 Wassily Kandinsky의 일화가 떠오른다. 그가 처음부터 추상화를 그린 것은 아니다. 우연히 넋이 빠질 만큼 아름다운 그림을 보게 된 게 계기였는데 바로 자기 작품이었다. 그림이 옆으로 돌려져 있는 바람에 선뜻 그림의 주제와 형태를 알아보지 못하고 낯설게 느낀 것이다. 칸딘스키는 그때부터 형태를 중요하게 여기는 구상미술의 한계를 벗어나고자 했다. 구체성을 띤 대상은 그 지시적 이미지만 전달하는 데 그치는 경우가 많다고 생각해 자연과 사물의 모습을 조금씩 지워가며 추상화의 세계로 나아갔다. 옆으로 돌려진 그림에서 새로운 아름다움을 발견해 낸 칸딘스키의 전환이 없었다면, 그가 지금처럼 현대 회화에 큰 획을 그은 거장으로 자리잡을 수 있었을까?

"추상화는 자연의 껍데기는 버리지만 그 내면의 법칙은 버리지 못한다."

칸딘스키는 이렇게 말했다. 이는 그가 비단 그림의 외형적 요소를 바꾸는 데 몰두한 것이 아니라 표현 기법 이면에 내제된 의미에 관심을 두었다는 사실을 말해 준다.

그림을 보는 안목도 표현 너머에 품고 있는 의미를 볼 수 있을 때 비로소 성장한다. 그러므로 그림을 그릴 때도 감상할 때도 지나치게 형태나 색상에만 집착하지 않았으면 한다. 그런 가시적인 것에만 집착한다면 시작하자마자 그만두고 싶어질 것이다.

　그림을 그려 놓고 성에 차지 않거나 잘 마무리하
는 법을 모르겠다면, 가끔은 다르게 보라. 거꾸로 돌려
서도 보고, 한 눈을 가린 채 실눈으로도 보고, 멀리 떨
어져서도 보고, 며칠의 틈을 두고 쓱 지나가듯 보아도
된다. 그러다 보면 어느 순간 내 그림의 아름다움에 압
도되는 놀라운 경험을 하게 될지도 모른다.

아이에게
배웁니다

아이들을 가르치는 사람

보통 화실 출근 시각은 10시, 수업은 1시 이후에 시작된다. 오전에는 여유가 있기에 마음만 먹으면 개인 작업을 할 수 있고, 영화를 한 편 보거나 지인과 티타임도 가질 수 있다. 하지만 영화나 티타임도 어쩌다 한 번은 모를까 자주 하는 것은 내키지 않는다. 마음이 온통 수업에 가 있기 때문이다.

13평 남짓 작은 화실은 별것 없지만 내게 전부인 공간이다. 문 열고 들어갈 땐 '안녕'이라 인사하고, 퇴근해 나올 때는 '내일 봐'라고 말한다. 늘 있는 공간에 정답게 말을 걸면, 이곳을 찾는 사람에게도 편안한 곳이 될 수 있을 것만 같아서다. 바람이 들어올 수 있게 환기를 시키고 블라인드를 올려 햇빛도 들인다. 이럴 때면 마치 바람과 햇빛과 함께 출근한 기분이 든다.

저녁에 청소하더라도 청소기는 아침에 돌린다. 윙윙거리며 교실 이리저리 돌아다니며 먼지를 빨아들이고 책상 각을 맞춘다. 다음으로 싱크대 앞으로 가 물기 빠지라고 올려 둔 미술 도구들을 정리한다. 뒤집어 놓은 물감 접시와 물통, 바짝 마른 붓을 하나씩 챙겨 제자리에 둔다. 개중 몇 개는 오늘의 첫 수업을 위해 책상 위에 놓는다. 곧 흐트러지겠지만 이렇게 가지런히

미술 도구를 정리하는 순간이야말로 가장 나다운 때다. '나는 그림 가르치는 사람이구나. 항상 누군가를 위해 도구를 준비하고 있구나.'

단순하지만 한결같은 출근 이후의 '꼼지락'은 하루 중 가장 중요한 일과라 할 수 있다.

어른과 아이 모두에게 그림을 가르치지만 성인 대상 수업은 외부 강의를 통해 하고 화실에서는 주로 아이들을 가르치고 있다. 저학년 친구들의 수업이 제일 먼저 시작된다. 화실 복도에서부터 나를 떠들썩하게 부르는 아이들의 소리가 들리면 총총거리며 뛰어가 문을 열어 맞이한다. 아이들은 자리에 앉기까지 한참 걸린다. 이야기하느라 몹시 바쁘기 때문이다. 한 사람씩 이야기를 들어 주면서도 눈치껏 아이들의 매무새를 살펴 둔다. 대부분 스스로 잘 챙겨 가지만 돌아갈 때 몸만 가는 아이도 종종 있다. 그런 해프닝을 방지하려면 평소 가지고 다니는 물건은 제대로 챙겨 왔는지, 외투를 입고 왔는지 아닌지 등을 미리 파악해 두는 게 좋다.

한번은 세 친구가 같은 브랜드의 같은 종류, 같은

색 운동화를 신고 왔다. 발 크기가 다르니 알아서 잘 찾아 신겠지 했는데 세 명 모두 신발을 바꿔 신고 갔다. A는 B 신발을, B는 C 신발을, C는 A 신발을. 작든 크든 일단 발에 끼우고 간 게 어찌나 귀엽던지. 그중 한 아이의 어머니가 연락하지 않았다면 세 아이는 여태 그대로 남의 신발을 신고 다녔을지도 모르겠다.

3시 이후엔 고학년 친구들이 들어선다. 어쩌면 나보다 힘이 셀지도 모르는 이 아이들은 무슨 일이든 똑 부러지게 알아서 잘하기에 문까지 뛰어가 맞이하지 않아도 된다. 사춘기에 접어들며 말수가 잦아든 고학년 아이들 앞에선 내가 수다쟁이가 돼야 한다. 목소리를 크게 내서 인사하고 일상에 대해 부드럽게 말을 건다. 아이들은 무심하게 이야기를 듣다가도 피식 웃거나 다정하게 대꾸하고, 이내 그리는 데 열중한다.

4시 반에서 5시 사이가 되면 물을 한잔 마시며 호흡을 가다듬어야 한다. 말도 안 되는 체력과 사랑스러움을 지닌 생명체들이 등장할 시간이니까. 바로 유치부 아이들이다. 늦은 오후지만 이 아이들의 에너지는 늘 아침 같다. 장난도 많이 치고 엉뚱한 구석이 있지만 기특하기도 하다. 새로운 것을 두려워하지 않고 매번 열심히 제 몫을 해내니까 말이다. 그렇게 마지막까지 떠들썩하게 보내고 나면 하루치 수업이 끝난다.

　　얼마나 크게 자랄지 모를 작은 나무 같은 아이들이 돌아가면 여기저기 널린 미술 도구를 다시 챙기기 시작한다. 씻어야 할 걸 모아 싱크대로 가져가 하나씩 씻으면 또 한 번 '나는 그림을 가르치는 사람이구나' 싶다. 수업 시간에 있었던 기억을 곱씹으며 슬며시 미소가 떠오른다.

보여 주기를 두려워하지 않기

"눈 감고 있으세요."

아이들에게 완성한 그림에 대해 소개해 달라고 하면, 선생님은 잠깐 눈을 감고 있으라고 한다. 내가 눈을 뜰 때 그림을 짠 하고 보여 주며 거기에 담긴 이야기를 한꺼번에 쏟아 내고 싶은 것이다. 그림을 보자마자 놀라워하는 표정을 지으며 귀 기울이면 이야기가 끝도 없이 이어진다. 한참을 풀어 놓은 다음 '재미있었다'는 말을 덧붙이는데, 그쯤 되면 그림 그리는 게 재미있었다는 건지, 장황하게 이야기를 풀어 놓는 게 재미있었다는 건지 궁금해진다. 나도 아이들 그림이 재밌었는지, 엉뚱한 이야기가 재밌었는지 헷갈릴 정도니까.

사실 아이들이 시키는 대로 눈을 꼭 감고 있지는 않는다. 슬쩍 실눈을 뜨거나 멀찍이 서서 아이 표정에서부터 이야기가 시작되는 걸 본다. 아이는 리허설 중이다. 신나는 장면에서 웃고, 진지한 장면에서는 눈을 반짝인다. 머릿속 상상에 따라 표정도 손도 열심히 움직인다. 그림 위로 자기만의 세계를 펼친다. 중간에 보고 있는 것을 들키면 약속을 어긴 사람처럼 주의를 받는다.

"진짜 보면 안 돼요!"

　자기 그림을 타인에게 보여 주길 좋아하는 시기
가 딱 그맘때인 것 같다. 수십 년 그림을 끼고 산 나 역
시 그림을 공개하는 데 거리낌이 없었던 때는 어릴 적
뿐이었다. 그땐 보여 주는 것뿐만 아니라 그리는 게 순
수하게 좋았다. 하얀 종이 위에 형체가 드러나는 과정
이 즐거웠고, 형체가 품은 나만의 이야기가 좋았다. 그
림이 혼자만 알아볼 수 있게 형편없이 그려져도 상관
없었다. 뭔가를 그릴 때마다 보여 주기 위해 들고 다
녔다. 자랑하고 싶고, 이야기로 풀어내고 싶은 것이 많
았다. 어쩌면 보여 주고 싶은 마음이 그림을 그리게 한
것인지도 몰랐다.
　그림 보여 주는 걸 좋아했던 내가 점차 보여 주길
꺼리게 된 것은 아이러니하게도 미술학원 때문이었다.
첫날 상담 시간에 선생님이 그리고 싶은 걸 그려 보라
고 하셨다. 학원 오는 길에 봤던 공사 현장이 떠올라
그 풍경을 그렸는데 냉정한 평가를 받았다. 사람을 뭐
이렇게 작게 그렸냐고 하셨다. 작아 보여서 작게 그렸
는데 큰 잘못을 한 것만 같았다. 공사장을 채우고 있는

철근 하나하나를 정성스레 그렸지만 그건 눈여겨 봐 주지 않으셨다. 어린 마음에 상처가 됐는지 애써 완성한 스케치에 색칠을 다 하지 못했다. 더 큰 잘못을 하게 될 것 같았기 때문이다.

화실을 운영하는 지금, 가끔 그 기억이 떠올라 매사 조심한다. 어린 나는 생애 처음 미술학원이라는 곳에 갔으니 선생님에게 칭찬이 듣고 싶었을 것이다. 그 칭찬이 꼭 '잘 그린다'는 말은 아니라도, 그림을 꼼꼼히 살펴보고 무엇을 그리고 싶었는지 공감해 주기만 했더라도 충분했을 것이다.

만약 타인에게 그림 보여 주는 것을 두려워한다면 원인이 있을 것이다. 나처럼 각인된 하나의 사건이 있었을 수 있고, 그림 보여 주기의 의미 때문일 수도 있다. 그림을 보여 준다는 것은 무엇을 좋아하고 싫어하는지, 어떤 꿈이 있는지, 어떤 생각으로 살아가는지를 드러내는 일이다. 곧 나를 보여 주는 것이다. 그렇기에 좋은 평가를 기대하게 된다. 그림에 대한 평가가 곧 나에 대한 평가일 수 있으므로 기대치가 높아지고 두려움도 커진다. 안타까운 것은 보여 주기를 두려워하면 그리기까지 두려워질 수 있다는 점이다.

실력이 서툴 뿐인데 어딘가 부족한 사람으로 비칠까 봐 걱정하고, 부족한 부분에 집착해 스스로 실망하기도 한다. 부담감에 짓눌리거나 깊이 좌절하기도 한다. 열심히 노력해도 발전하는 느낌이 들지 않고, 표현하는 것에 점점 소극적으로 변해 갈 수도 있다. 그러다 슬럼프에 빠지기라도 하면 그림을 포기하거나 멀리하게 된다. 그림은 그리는 사람을 표현하는 수단이 되는 건 맞지만 그림의 완성도가 그 사람 전체를 대변하는 것은 아닌데도 말이다.

그림을 보여 주는 게 두렵다면 왜 그런 감정이 생겼는지 떠올려 보고, 할 수 있다면 훌훌 털어내 버리자. 그리고 다른 사람의 그림을 볼 때도 유념해야 한다. 그는 무엇을 그리고자 했는가, 그것이 내게 어떤 공감을 불러일으키는가를 생각하며 제대로 감상하는 것이 중요하다. 그림은 단 한 명이라도 공감해 주는 이가 있다면 나눌 가치가 충분한 일이니까.

그림을 보여 주는 것에 대한 과도한 의미부여 없이, 그 속에 담긴 자신의 마음까지 편견 없이 드러내고 싶어 하는 순수한 아이들의 마음을 떠올려 보자. 아이들은 있는 그대로의 자신을 그리고, 자기가 본 것을 솔

직히 표현한다. 장난스러운 표정을 그려서 상대방을 웃기려 하고, 원하는 물건을 그려서 갖고 싶다는 마음을 내비치고, 화가 나는 순간을 그려서 누군가 자기 마음을 헤아려 주기를 바란다. 언제나 자기 그림을 공유해 공감을 얻고 싶어 한다.

"눈 뜨세요."

이제 그림을 볼 시간이다. 어느새 아이의 눈빛은 자신의 그림이 아니라 내 눈에 꽂혀 있다. 아이의 표정에서 느껴진다. 이렇게 보여 주는 순간을 기대하며 그림을 그렸다는 사실을 말이다. 아이와의 눈 맞춤에서 시선을 옮겨 아이가 표현한 마음 세계로 들어간다. 기꺼이 이야기 속 일부가 되어 본다.

'그림 멍'을 아시나요?

참 닮았다. 책상을 사이에 두고 서로 마주 앉은 누나와 동생의 모습이 데칼코마니처럼 닮았다. 멍 때리는 모습까지도. 쌍꺼풀 없는 눈 위로 작은 주름이 지며 눈동자가 한곳에 머물러 있다. 졸린 눈처럼 보이지만 딴생각 중이거나 아무 생각이 없는 상태다.

"어쩜 멍 때리는 모습도 이렇게 닮았니?"

그제야 현실로 돌아온 아이들이 극구 부인한다. 멍 때리지 않았다는 게 아니라 전혀 닮지 않았다고 말이다.

"그래, 안 닮았다고 해 줄게. 대신 우리 멍 때리기 대회 해 볼래?"

"멍 때리기도 대회가 있어요?"

"그럼."

"좀 이상한데요. 멍 때리는 걸 어떻게 경기해요?"

믿지 않는 아이들에게 자료를 검색해 보여 주자 흥분한다.

"우와~ 해 봐요. 자신 있어요."

그렇게 시작된 멍 때리기 대회는 그 어떤 게임보다 조용했다. 게임이 이렇게 조용할 수도 있구나 하며 신세계를 경험했다. 하지만 한마디 말도 없이 가만히 있다 보니 누가 게임을 제대로 하는지 알 수 없었다. 서로 눈빛으로 상대방이 멍 때리지 않는 것 같다는 신호를 보내자 침묵이 깨졌고 우위를 가리다 시끄러워졌다.

결국 멍 때리기 대회는 눈 감지 않고 오래 버티는 눈싸움 게임으로 대체됐다. 부릅뜬 두 눈 위 이마에 작은 주름이 지자 또다시 똑 닮은 얼굴이 된다.

"진짜 닮았구나."

"안 닮았어요."

버티는 와중에도 닮지 않았다고 부인하는 게 귀엽다. 눈이 게슴츠레해진다.

"선생님, 눈 그렇게 뜨기 없기요."

눈에 힘을 주며 다시 집중하자 아이가 이상한 표정을 지어 보인다. 이기기 위해 상대를 웃기려는 작전이다. 이 작전은 내게 치명적이다.

"졌다. 졌어."

항복할 수밖에 없다. 아이들이 이긴다. 잠깐의 게임으로 인해 기분이 좋아지고 분위기가 활기차졌다.

"선생님 참 이상해요."

"뭐가?"

"아까 멍 때리기도 이길 자신 있었는데요, 근데 자꾸 생각을 하게 돼요."

우리는 의식하는 순간 평소에 잘해 왔던 것도 잘 되지 않는 경우를 경험하곤 한다. 그림 역시 실컷 잘 그리다가도 의식하는 순간 표현이 이상해질 때가 있다. 사기가 저하되고 몸에 힘도 빠진다. 그럴 때면 그림을 앞에 두고 이 생각 저 생각을 하게 되지만, 사실 필요한 것은 '멍'이다. 생각을 내려놓고 그리는 행위에만, 움직이는 붓 끝에만 집중하다 보면 다시 슥슥 그리게 된다.

그러고 보면 요즘 '멍'의 시대다. '불멍'이란 신조어도 있지 않은가. 장작이나 모닥불을 지펴 놓고 그 어떤 생각도 없이 불만 바라보는 행위를 뜻하는 이 말처럼, 어떤 단어에 멍을 붙이면 그것에만 집중해 정신이 힐링되는 상태를 뜻하게 된다. 그런 의미에서 나는 멍 중에선 '그림 멍'이 최고라 말하고 싶다. 아무 생각 없이 누군가 그림 그리는 것을 바라보고 있으면 마음이 차분해진다. 직접 그리지 않아도 마치 내가 캔버스 앞에 앉아 있듯 감정이입이 된다.

작품을 감상할 때도 그림 멍에 빠지면 도움이 된다. 그림을 앞에 두고 자기만의 세계를 탐험하게 되니까. 그리는 사람이 그림 멍에 심하게 빠지면 잠시 작업이 중단될 때도 있다. 하지만 그 '멍 타임'이 지나면 다시 이어서 그릴 힘을 얻는다.

멍 때리는 사람들의 표정을 보면 어딘가 닮은 데가 있다. 자기 몸에 가장 편한 자세를 취하고 눈동자는 어느 한 곳에 맞춰져 있다. 주변을 의식하지 않고 오직 자기 자신과 마주하는 순간이다.

한 번만 더 하면 멍 때리기를 잘할 수 있을 것 같다며 조르는 아이들에게 다음 기회를 약속했다. 자신의 그림에 집중할 수 있도록 화제를 옮겨 대화를 나누다 보니 어느새 아이들의 말소리가 잦아든다. 진짜 그림에 집중할 때가 온 것이다. 다들 입을 꽉 다물고 의자를 바짝 잡아당겨 앉는다. 눈 깜빡이는 간격도 길어진다. 눈싸움할 때처럼 애쓰지 않아도 부릅뜨는 게 가능하다. 아무리 닮지 않았다고 부인해도 집중하는 이런 순간의 표정 역시 닮았다. 아이들이 그림 그리는 모습을 지켜보다 나도 모르는 사이 그림 멍에 빠져들었다.

파란 똥과 현대 미술

밑그림을 그린 후 채색에 들어가야 하는데 딴짓을 하고 있다. 붓을 든 채 물통 안을 들여다보는 걸 보니 대충 짐작이 간다. 물감 놀이 중일 것이다. 아니나 다를까, 붓에 묻은 물감이 물에 닿을 때 퍼지는 모양에 넋을 놓고 있다. 파란색 물감이 연기처럼 퍼지면서 재미난 무늬를 만들다가 물통 안으로 점차 사라진다. 그렇게 무늬와 색이 사라지고 나면 다시 붓을 들어 물통 안의 물에 물감이 살짝 닿도록 콕 찍는다. 무늬의 움직임이 느려지면 물을 휘저어 보기도 한다. 나는 잠시 그 모습을 지켜보다가 묻는다.

"뭐 하고 있어?"

아이는 여전히 물통에서 눈을 떼지 않은 채 조용히 대답한다.

"현대미술 작품을 감상하는 것 같지 않아요?"

이럴 땐 안 웃을 수가 없다. 딴짓 중인 게 분명한데도 진지한 표정을 짓고 그럴싸한 이야기로 사람을 홀린다.

"지금 현대미술 작품을 감상 중이시라고?"

"네. 작품명은 '파란 똥'이에요."

어이없는 대답이지만 마음에 든다. 아홉 살짜리

113

꼬마 아이가 자신의 물감 놀이를 현대미술과 연관 짓는 게 귀엽다. 둘 사이에 어떤 공통점이 있다는 걸까. 단순히 장난치는 건데 아이의 화려한 언변에 속아 줘야 하는 걸까.

아니, 가만 보면 그냥 장난은 아니다. '파란 똥' 놀이를 반복하다 보면 물색이 파래져 더 이상 선명한 무늬를 관찰하기가 어려워진다. 이때 마구잡이로 물감을 넣고 휘저으며 난장을 칠 수도 있겠지만, 색과 무늬의 변화를 관찰하는 호기심쟁이들은 자신이 발견한 아름다움을 망치지 않는다. 변화를 관찰하고 그것에 연결 지어 특별한 표현을 찾는다.

"물색이 예쁘지 않으세요?"

"그러네. 근데 이제 색칠할 때가 된 것 같아."

"네."

"'파란 똥' 감상 재밌었어?"

"네."

"자주 하는데도 재밌어?"

"할 때마다 달라서 재밌어요."

이렇게 세심하게 관찰하고 표현할 줄 아는 아이들을 보면 반갑다. 어떠한 상황에서든 좋은 느낌을 발견하고 아름답게 표현할 줄 안다. 세상을 보는 시선이 곱다. 미술 활동은 이런 감각을 키우기에 안성맞춤이다.

누구나 그림을 그리면서 다양한 변화를 마주하게 된다. 변화에 대한 반응도 제각각이다. 계획대로 되어야 좋아하는 아이도 있고, 우연한 변화를 더 좋아하는 아이도 있다. 때로는 맘대로 안 돼 심술을 부리거나 울기도 하고 그러다가 양보하거나 타협하기도 한다. 시도를 두려워하다가도 어느새 극복해 낸다. 그림은 지금의 감정을 표현하는 도구인 동시에 새로운 감정을 끌어내는 수단이 되기도 한다. 그림을 통해 미적 감각뿐만 아니라 다양한 정서적 경험을 할 수 있다면 삶이 훨씬 더 풍요로워지리라.

전시관에서 한 관람객이 전시된 작품을 끊임없이 지적하는 모습을 본 적이 있다. 이 그림은 뭐가 잘못됐고 어떤 부분이 마음에 안 드는지를 함께 있던 분에게 열변을 토해 설명하는데, 목소리가 너무 커서 멀찍이 떨어진 내게도 선명히 들릴 정도였다. 자신도 작품 활동을 하고 전시를 하는 입장에서 이런 그림을 보면 실망도 크고 창피하다는 말을 서슴없이 내뱉었다.

남의 작품을 이해하려는 마음보다 자기 기준에서 벗어난 부분, 특히나 기교적으로 부족한 면을 꼬집어 적나라한 평가를 내렸고 그 비판적이고 부정적인 감정을 공개적으로 드러냈다. 자신에게도, 옆에 있던 사람에게도, 전혀 모르는 나한테도 그 날선 감정이 전해졌다. 과연 함께한 일행이 그 설명을 고마워했을까? 나라면 마음이 불편했을 것이다. 문득 궁금해졌다. 저 사람은 그림을 그릴 때 어떤 모습일까? 아무리 생각해도 잔뜩 찌푸리고 화가 난 상태만 떠올랐다.

그림을 그릴 때 매번 좋은 선, 좋은 색을 만나기란 쉽지 않다. 마음에 드는 기준이 어느 날 갑자기 바뀌기도 한다. 그럴 때마다 부정적인 감정에 휩싸인다면 그림 그리는 건 아무 소용없는 일처럼 느껴질 것이다. 그림에서 좋은 선이라는 건 변화할 줄 아는 선이다. 색도 마찬가지다. 작은 변화를 재미있게 관찰하고 재미있어하는 아이들은 굳이 가르쳐 주지 않아도 이런 변화에 능동적이다. 열린 마음으로 자신의 작품을, 세상을 본다.

아빠 지갑 속에 있는 명암

"명암이 무엇인지 알고 있나요?"

"저 알아요."

당당하게 알고 있다고 외친 아이에게 설명을 부탁했다.

"아빠 지갑 속에 있어요."

"명암이 아빠 지갑 속에 있어?"

"네. 네모난 종이에 이름이랑 전화번호가 적혀 있어요."

그제야 아이가 말한 것이 '명암'이 아니라 '명함'이란 사실을 알았다. 나도 모르게 웃음이 나왔다.

"아, 그거라면 우리 아빠도 있어요."

"우리 엄마도요."

잠시 웃다가 명함이 곧 마음의 명암을 드러낼 수도 있겠다는 생각이 들었다. 직장 생활을 할 때 직급이 바뀌면 새로 명함이 생겼다. 굳이 사용할 일이 많지 않았지만 명함을 새로 받아 들면 기분이 묘했다. 한 단계 올라간 느낌이랄까. 사원일 때보다 대리일 때가, 대리일 때보다 과장일 때가 더 환해지는 느낌이라면 지나친 비약일까? 지금은 직급이 필요하지도 않고 명함을 사용할 일도 드물지만 만약 다시 명함을 만든다면 어떻게 디자인하면 좋을까? 내 마음의 명암은 지금 어떤 톤일까?

　누구나 때로는 밝고 때로는 어둡다. 다만 평소에 더 오래 머물러 있는 감정 상태가 있게 마련이고, 그에 따라 성향이 '밝은 사람' 혹은 '어두운 사람'으로 결정되는 것 같다. 나는 어른이 되고 나이가 들수록 어두운 단계에 더 오래 머무르는 편이다. 웃을 일은 적은데 욕심은 많고, 해 놓은 것보다 해야 할 일이 더 많아 그렇다. 이런 칙칙한 심경이 아이들의 엉뚱한 대답 하나에 밝아지기도 하니, 아이들을 가르치는 시간이 있어 참 다행이구나 싶다. 어쩌면 이토록 밝은 아이들 곁에 있어서 상대적으로 내가 더 어둡게 느껴지는 걸지도 모르겠다. 색은 다른 색과 대조해 관찰되기 마련이라 상대의 빛깔에 따라 밝기가 다르게 보일 수 있으니까. 같은 색상이라도 흰 종이 위에 놓았을 때와 검은 종이 위에 놓았을 때 밝기가 다르게 보이는 것처럼 말이다.

　회화에서 명암이란 색의 농담濃淡이나 밝기의 정도를 이르는데 사전적 의미를 찾아보면 다른 뜻도 있다. 기쁜 일과 슬픈 일 또는 행복과 불행을 통틀어 이르는 말이라는데, 참으로 적절한 설명이다. 그림에서 명암은 사물을 더 입체적이고 실제처럼 보이게 하는 요소이며, 명암 표현이 잘된 그림은 그것으로 작가의 내면을 대변하기도 한다. 그림에 사물의 색을 그대로 재현했을 때와 사물이 가진 색보다 짙거나 어둡게 표현했을 때, 또는 옅거나 밝게 표현했을 때를 상상해 보면, 같은 대상이어도 명암에 따라 충분히 다른 느낌을 받을 수 있다. 실제로 작품을 감상할 때 그림에 주로 사용한 색상 톤은 작가에 대한 풍성한 해석을 낳는다. 작가는 어두운 톤으로 자신이 겪고 있는 절망적인 상황을 보여 주기도 하고, 때로는 반대로 표현해 극복의 의지를 담아내기도 한다. 그림이 주는 매력 중 하나다.

아이들에게 명암에 대해 설명하고 명도의 단계를 직접 표현해 보게 했다. 물체나 빛이 지닌 색의 밝기를 단계별로 표현하면서 눈으로 느껴지는 밝고 어두운 정도를 익히는 연습이다. 예를 들어 검은색을 0, 흰색을 10으로 잡고 그 중간인 회색 단계에 차례대로 번호를 매겨서 명도를 총 11단계로 나누어 표현하게 한다. 명도가 높을수록 밝은 느낌이, 명도가 낮을수록 어두

운 느낌이 난다. 유채색도 연습해 본다. 이런 과정에 적
응이 되면 한 그림 속에서 명암 단계를 잘 조절하며 그
릴 수 있다. 명암만 잘 잡혀도 그림에 생동감이 생긴다.

"너무 새까맣게 됐어요."

"저는 중간이 다 똑같아졌어요."

"어디, 다 같이 한번 볼까?"

화지를 모아 놓고 천천히 살펴본다. 군데군데 몰
래 덧칠한 부분도 보인다. 괜찮다. 열심히 했다는 증
거다.

"진짜 잘했네!"

"누가요?"

"모두 다."

그럴 줄 알았다는 듯이 고개를 젓다가 다시 물어
온다.

"그럼 제일 잘한 사람은요?"

그 대답은 하지 않았다. 대신에 한 사람씩 잘한 부
분을 이야기해 주면 더 이상 순위를 궁금해하지 않는
다. 자신이 노력한 부분을 인정받으면 그것으로도 기
쁜 마음이 가득 차기 때문이다. 환한 톤으로, 아이들이
웃는다.

그리면
달라지는 것들

화딱지 나게 안 그려지는 날엔

건물이 기울어져 보인다. 길 위치도 어색하다. 사람들 동세가 마네킹처럼 뻣뻣한 느낌이 든다. 아무래도 고치는 게 나을 것 같아 다시 그려 본다. 이번엔 나무가 기울어져 보이고 풀밭 위치도 어딘가 모르게 어색하다. 사람은 아예 그리지도 않았다. 좀 전에 한 스케치가 더 나은 것 같다. 몇 번이나 다시 그리기를 반복. 그러다 '에라 모르겠다' 하며 벌떡 일어선다.

이상하게 그림이 안 그려지는 날이 있다. 잘되던 것도 안돼서 모든 좋은 기운이 블랙홀에 빨려 들어가 버린 듯한 날이다. 약이 올라 속이 부글부글 끓는데, 정확한 표현으로는 '화딱지가 난다'. 그림 그게 뭐라고 이렇게 감정이 소모되고 기분이 바닥을 친단 말인가. 이럴 땐 계속 매달리지 말고 휴식을 취하는 게 낫다. 맛있는 걸 먹거나 밖으로 나가 바람을 쐬는 게 그나마 도움이 된다.

배는 고프지 않아 바깥 날씨를 살폈다. 저녁이 다 된 시각이다. 여름날에는 해가 거의 질 때쯤 산책을 나서는 걸 좋아한다. 아파트 입구를 벗어나 신호등 두 개를 건너면 작은 공원이 있다. 공원길을 따라 다리 밑까지 연결된 계단을 내려가면 산책로에 접어든다. 마지막 계단을 벗어나 땅을 밟으면 발밑이 아니라 주변을 둘러보게 되는데 막 어둠이 깔리는 중이다. 환하지도 깜깜하지도 않은 하늘 아래 많은 것들이 반짝인다. 빽빽한 건물의 창도, 쉴 새 없이 움직이는 자동차도, 일정한 간격으로 자리를 지키고 있는 가로등도 모두 빛난다. 강물은 환하지도 깜깜하지도 않은 하늘을 꼭 닮아 쌍둥이처럼 보인다.

'건물, 길, 사람…… 늘 봐 오던 건데 왜 안 그려졌지?'

슬그머니 그림 생각이 침투해 오기가 무섭게 다시 움직인다. 아침 산책에 비해 저녁 산책은 더 사색적이 된다. 걷는 행위에 집중하는 아침 산책은 하루를 열심히 보낼 의지를 다지기에 좋은 반면, 슬렁슬렁 발 가는 대로 걷는 저녁 산책은 그날을 돌아보며 소중히 간직하고 싶은 순간을 떠올려 보기에 좋다. 오늘 나는 간직하고 싶은 게 있는가. 떠오르지 않는다.

'요즘 어떻게 지냈었지?'

며칠째 생활 리듬이 깨져서 불안정한 상태였다. 매일 하는 일에 생기는 작은 변화에도 민감해지는 게 싫고 속상하다. 리듬이 왜 깨졌는지, 어떤 마음이었는지, 어떻게 흘려보내야 하는지 짚어 나가는 사이 징검다리가 보인다. 늘 건너는 곳이다. 이 징검다리를 건너면 사람이 많은 구간이 시작돼 더 경쾌하게 걷게 된다. 산책은 주로 혼자 하지만 이 구간만큼은 다른 사람들 속에 합류해 함께 걷고 싶어진다.

강둑 아래로 들어서며 앞을 보니 한 사람이 저만치 앞서 징검다리를 건너가고 있었다. 리듬을 타듯 매끄럽게, 평지를 걷듯 자연스럽게 걷는다. 그 걸음걸이를 따라 걸어 볼까. 징검다리 첫 번째 칸으로 올라 자신 있게 발걸음을 내디딘다. 하지만 몇 걸음 만에 엇박자가 된다. 징검다리 간격이 내 보폭이랑 안 맞다. 한 발은 크게 떼야 하고 다른 발은 작게 떼야 한다. 징검다리는 내가 조절할 수 있는 간격이 아니라 맞춰야 하는 간격이다. 돌 놓인 간격에 맞춰 걸음을 떼야 부드럽게 건널 수 있다. 발 디딜 곳을 보고 걸음을 떼야 하고 그렇지 않으면 엇박자가 되거나 자칫 중심을 잃어 물에 빠질 수 있다. 한 번에 부드럽게 건너기 어렵다면 한 칸을 걸을 때마다 두 발을 같이 멈추며 신중히 움직이거나 간격이 좁은 돌은 연달아 두 개를 건너뛸 수도 있다. 그렇게 걷다 보면 목적지에 도착한다. 상황에 맞는 리듬이 필요한 것이다. 어느새 앞서 걷던 사람은 저만치 멀어져 있었다.

요 며칠 상황이 변했다. 수업 일정이 달라지고 새로 드나드는 수강생들이 생겨 신경 쓸 일이 많았다. 그러한 작은 변화가 나의 안정적인 생활을 깨는 듯했다. 새로운 상황이 펼쳐질 땐 거기에 맞춰 새로운 리듬을 익혀야 한다. 징검다리를 건널 땐 징검다리의 리듬으로 걸어야 하듯이. 익숙한 대로만 쉽게 가고 싶은 마음에 현재를 받아들이지 못한 건 아닌지 되짚어 본다. 결국 그 고집이 그림까지 망쳐 놓았구나. 집에 돌아가면 새 마음으로 다시 그려 봐야겠다. 쉽게 하려 하지 말고, 부정적인 시선은 거두고, 그렇다고 타협도 하지 말고, 그냥 다시 한 번 새롭게 해야겠다. 징검다리에 보폭을 맞추듯 고집부리지 않고 자연스럽게.

잘못된 그림을 수정하는 방법

삭제하고 싶은 기억들이 있다. 스마트폰에서 삭제 버튼을 누르듯 싹 지워 버리고 싶지만 뜻대로 된 적이 없다. 싫은 기억을 애써 꾹꾹 누르다가도 조금이라도 삐져나오면 화가 나고 눈물도 난다. 아직 잊지 못했구나 깨달으며 처음처럼 다시 아프다. 시간이 많이 흘렀다고 치유되지 않는다. 크기는 작아도 깊이 남겨진 상처가 있다.

궁여지책으로, 지우고 싶은데 지워지지 않는 일 위에 다른 기억을 덧댄다. 그 사람과의 좋은 기억이나 그 상황이 미친 좋은 영향을 같이 떠올리는 것이다. '그러니까 결과적으로는 그렇게 나쁜 일만은 아니었어. 보기 싫은 건 감춰 놓았으니 괜찮을 거야.'

그림에 덧칠을 할 때도 그렇다. 그림을 그리다 마음에 들지 않거나 잘못된 부분이 있으면 지우거나 덧칠을 한다. 이러면 잘 보이지 않을 거라고 스스로 세뇌하면서 말이다. 그런데 참 아이러니하게도, 감추기 위해 덧칠한 부분은 오히려 그 흔적이 도드라진다. 수강생들의 그림을 둘러보다가 가끔 그런 부분이 눈에 띄면 도움을 주기 위해 이야기를 꺼내는데 깜짝 놀란다.

"어떻게 아셨어요?"

그 부분만 물감이 두텁게 칠해져 있거나 흐릿하고, 번지거나 탁해져 있다. 애써 감추려 한 부분이 오히려 '눈에 잘 띄게' 수정돼 있기 때문에 알아채는 게 어려운 일은 아니다. 다행히 그림은 수정할 수 있다. 찬찬히 바라보고 원인을 찾는다. 왜 어색해 보이는지 알아내고 그 부분을 수정하거나 채울 수 있도록 도와주면 된다.

"여기 멀리 있는 나무들까지 짙은 색으로 세밀하게 표현하는 바람에 앞에 있는 나무보다도 도드라져 보여요. 한 걸음 뒤로 나와서 전체적인 분위기를 보면 색상 조절이 쉬울 거예요."

"나뭇잎을 칠할 때 붓끝으로만 터치하면 형태가 무너지고 질감 표현이 어려워져요. 붓 전체를 눕혀서 터치해 보세요. 붓 방향도 계속 바꿔 가면 훨씬 자연스럽게 표현될 거예요."

원인에 따라 수정 방법도 다양하다. 별 게 아닌 경우도 많다. 그럴 땐 멋쩍은 웃음이 새어 나온다.

"참 재밌네요."

"어떻게 그리셨는지 다 드러나죠?"

"그러니까 말입니다. 제 습관까지도 보이네요. 앞

은 자리에서 하나만 파고 있다니까요. 멈춰야지 하면서도 그러고 있어요. 편안하게 봐야 제대로 보이는데 말이죠."

"저도 그래요. 그림에 고스란히 보이니까 평소에 좋은 생각 많이 하려고 애쓰면서 살아요."

"그림이 더 좋아지네요."

그림이 더 좋아진다는 말이 반갑다. 나 역시 마찬가지다. 그림이 언제 가장 좋았냐고 묻는다면 지금이라고 대답할 것이다. 아마 갈수록 더 좋아질 테고.

그림은 그리는 과정에서도, 그리고 난 뒤에도 한 발 물러서서 바라보게 될 때가 많다. 내 그림이든 남의 그림이든 물끄러미 바라보게 된다. 부족한 부분은 선으로, 색으로 다 드러나게 마련이어서 가만히 바라보고 있으면 알아채게 된다. 자주, 오래 바라볼수록 좋은 그림이 나오고 좋은 마음도 생긴다. 어쩌면 그림 그리기는 '바라보기' 연습인 것 같다.

그림을 그리면서 오래 바라보는 습관이 생겼다. 삶에서도 바라보는 순간이 많아졌다. 현재 상황을 바라보고, 내가 무엇을 원하는지 바라보고, 앞으로 나아갈 방향을 바라보고, 어떤 게 옳은지 바라본다. 굳은 의지도, 흔들리는 마음도 똑같이 바라본다. 그러는 동안 틈만 생기면 올라오던 상처도 조금은 덜 아프게 마주할 수 있게 됐다. 상처를 가만히 바라보며 스스로 토닥거릴 용기를 내 보게 된 것이다. 아픔을 숨기려고 상처에 애써 덧칠을 하고 잊으려 노력하며 사는 것보다 담담히 마주하는 편이 더 낫다는 것을 이제는 안다.

드로잉은 명상이다

"사진은 즉각적인 반응이고, 드로잉은 명상이다."

사진작가 앙리 카르티에 브레송Henri Cartier-Bresson의 말이다. 이 얼마나 멋진 표현인가. 때때로 이 말을 실감하며 지낸다. 그림 소재가 되는 사진을 찍기 위해 밖으로 나서면 즉각적인 반응이 일어난다. 마음에 드는 풍경, 그리고 싶은 풍경이 눈에 들어올 때마다 셔터를 누른다. 같은 풍경을 여러 번 담기도 한다. 줌을 이용해 거리를 조절해 보고 사진 모드를 바꿔 보기도 한다. 방금 눈에 들어온 느낌을 최대한 잘 살리기 위해 애쓰며 좋은 사진을 찍으려 한다. 풍경이 아니라 다른 대상도 그렇다. 꽃이나 채소처럼 눈앞에 두고 오랫동안 관찰하며 그릴 수 없는 소재는 사진을 찍어서 시작하는 경우가 많다. 탐스러운 꽃을 그릴 때 시들기 전에 다 완성할 수 있다면야 상관없지만 시간이 걸리면 시들어 버리기 때문이다. 이리저리 궁리하다가 괜찮다 싶으면 사진으로 찍어 두고 만일에 대비 한다.

사진을 보며 그림 그릴 때, 종종 잘못 찍은 게 아닐까 하는 생각이 든다. 막상 그림으로 그리려고 하면 마음에 들지 않아서다. 괜히 사진 찍는 실력이 형편없다는 핑계를 대며 투덜거린다. 풍경을 보며 사로잡혔던 감정이 작은 프레임 밖으로 잘려 나간 느낌이 든다. 사진을 너무 많이 찍어도 고르다 짜증이 난다. 비슷한 이미지 안에 갇혀 버린 것 같아 속상하다.

참 이상한 건 남이 찍은 사진은 다르다는 것. 전체를 본 적이 없어서인지 프레임 안에 든 모습 그대로를 받아들이게 된다. 프레임 안에서 좋은 부분을 발견하기라도 하면 반갑다. 뛰어난 사진작가는 부분만 찍어도 전체를 보여 주는 힘이 있는 사람인 것 같다. 즉각적인 반응을 사진 안에 남길 줄 아는 능력이 있는 것이다.

사진을 보고 잘 그리기 위해선 오랫동안 관찰해야 한다. 처음엔 구도나 색채가 눈에 들어오겠지만 전체적인 분위기를 파악하는 게 중요하다. 그렇게 사진에 담긴 주제를 찾아간다. 사진마다 중심이 있지만 꼭 가운데에 있거나 큰 사물이 중심이 되는 건 아니다. 자꾸 시선을 끄는 데가 있다면 거기서 출발하는 게 좋다. 내 경우 사진을 보며 가장 먼저 눈에 들어온 지점에 카메라 렌즈 초점처럼 작은 표시를 하고 서서히 확대해 간다. 그 표시는 내가 그릴 화지의 중심이 되곤 한다. 만약 사진이 아니라 실제 풍경이라면 그 지점이 바로 즉각적인 반응이 일어난 곳이었을 게 분명하다. 시간이 지나 가물거리는 기억 속에서도 또렷이 상기되는 게 바로 그 지점일 테고. 여행을 가서 사진을 남기는 이유도 그 순간을 기억하기 위해서가 아닐까. 풍경 사진을 보며 그림을 그릴 때면 마치 여행하는 기분이 든다.

꼼짝하지 않고 화지 앞에 앉아서 여행을 즐길 때면 앙리 카르티에 브레송의 말이 다시 떠오른다. '정말 드로잉은 명상이구나.' 좋은 곳을 여행하고 싶다면, 좋은 곳을 그리는 것도 방법이 된다.

그림을 그릴 때는 그곳에 있는 듯하다. 마음속으로, 머릿속으로 하나씩 기억이 떠오른다. 직접 가 본 곳이든 가 보고 싶은 곳이든 명상하듯 조용히 마주하게 된다. 가 보았던 곳이라면 거기서 만난 사람들을 기억해 내고 나누었던 대화와 함께 먹은 음식을 기억해 낸다. 내 발걸음이 닿았던 곳의 촉감과 공기와 향이 되살아난다. 가 보고 싶은 곳이라면 거기서 만나게 될 사람들을 상상하고 어떤 이야기를 나눌지, 무엇을 먹을지 상상한다. 그곳에선 어떤 촉감과 공기를 느낄 수 있을지 상상하다 보면 미소가 번진다. 잠시 그림 그리던 모든 행동을 멈추면 상상의 감각들이 더 선명해지기도 한다. 행복한 순간이다.

　수업에서도 사진을 보고 그림을 그릴 때가 많다. 하루는 물통에 물을 받아서 교실에 들어갔더니 수강생 한 분이 주말에 찍은 사진을 보여주며 다른 사람들에게 질문을 하고 있었다.

　"뭐가 보이세요?"

　다들 특별한 뭔가가 숨어 있을지 모른다는 생각에 사진을 꼼꼼히 살피며 대답을 이어간다. 맨 마지막으로 물통을 책상에 올리고 수업 준비물을 챙기던 내 차례가 됐다. 사진에는 공원에 나가면 흔히 볼 수 있는 풍경, 파란 하늘이 펼쳐지고 나무들이 줄지어 늘어선 길이 담겨 있다. 그리고 하나가 더 눈에 띄었다.

　"새가 날아오네요."

　"아하, 새! 새가 있지요?"

　정답을 맞혔나 보다. 다른 분들도 얼른 다시 사진을 들여다본다.

　"새가 어디 있어요?"

　"여기 있어요. 여기 얼굴도 있고 눈도 있고."

　"그렇게 보니 진짜 맞네요."

사실은 새가 아니라 구름이었다. 주말에 나들이를 나갔는데 코로나19 때문에 번화가 가게들이 대부분 문을 닫았고, 주변을 둘러보니 공원이 있어 잠시 쉬기로 했고, 그사이 새 모양 구름을 발견했다는 설명이 이어진다. 구름이 조금씩 이동하면서 커다란 새가 되는 과정을 사진으로 담아 사람들에게 보여준 것이다. 그날 구름 새를 발견하지 못했다면 나들이가 심심하게 끝났을지도 모를 일이다.

'어린아이처럼 구름 모양에 이렇게 들뜨시다니.' 나는 미소를 지으며 모여 있는 사람들의 표정을 살폈다. 그 작은 발견에 동요되어 잠시나마 교실이 아닌 공원에 둘러앉아 함께 구름 새를 바라보듯 수다가 이어지는 게 신기했다. 그래, 오늘 그림은 이 사진이다! 모두 조금 붕 뜬 기분으로 여행하듯 그림을 그려 나갔다. 조용한 하루 명상이 시작됐다.

그리는 것은 알아 가는 것이다

몸은 오리처럼 생겼는데 주둥이는 길다. 주둥이가 긴 새치고 다리는 또 짧다. 고개를 획 돌리는 모습, 살짝 숙인 모습에 따라 구부러진 목을 표현하는 게 무척 까다롭다. 용케 제 모습을 그렸구나 싶지만 한 가지 걸리는 게 있다.

"선생님, 펠리컨은 발가락이 몇 개인가요?"

수강생 한 분이 펠리컨을 그리다 말고 물어본다.

"글쎄요, 찾아볼까요?"

발가락까지 그리면 펠리컨 모습이 완성되는데 참고 사진에서 물갈퀴 사이로 드러난 발가락 개수가 헷갈리는 모양이었다. 발을 모으고 있어 형체가 뚜렷하지 않은 펠리컨도 있고 뒷모습이 찍혔거나 다른 펠리컨 꼬리에 발이 가려진 펠리컨도 있다. 백과사전 정보를 찾아보니 펠리컨의 발가락은 4개다. 정보를 알고 보자 신기하게도 가려져 있던 펠리컨들의 발에 발가락 4개가 돋은 형체가 투시도처럼 그려진다.

옆에서 펠리컨 발가락 이야기를 듣고 있던 수강생 한 분이 합류한다.

"선생님, 악어는 발가락이 열여덟 개래요."

"그렇게나 많아요?"

이번에도 검색해 보기로 한다. 악어는 앞다리에 각각 5개의 발가락이 있고, 뒷다리에는 각각 4개의 발가락이 있다고 나와 있다. 펠리컨 발가락 이야기가 나오지 않았다면 악어 발가락이 몇 개인지도 몰랐을 것이다. 이전에 악어 그림을 그린 적이 있는데 그 사실도 모르고 어떻게 표현했던 걸까. 그때는 발가락에는 관심이 없었던 것 같다.

"실제로 봤다면 좋았을 것 같아요. 펠리컨 하면 부리 주머니가 늘어진 모습만 떠올리다가 이렇게 알게 되니 직접 보고 싶어요."

그러자 또 다른 수강생이 이야기를 보탠다.

"저는 실제로 봤는데 무서웠던 기억밖에 없어요."

"어디서 보셨어요?"

"호주에 여행 갔다가요. 도시락으로 샌드위치를 준비해 갔는데 그걸 뺏어 먹으려고 계속 쳐다보더라고요."

"샌드위치를요?"

"네. 호시탐탐 노리던데요. 결국 못 먹었어요."

"펠리컨이 샌드위치도 먹나요?"

"잘 모르겠어요. 펠리컨도 잡식인가 봐요."

"아!"

어쩌랴. 다시 검색해 본다. 펠리컨은 해안이나 내륙의 호수에 살면서 커다란 부리 주머니로 작은 물고기나 새우 따위를 가득 삼켜서 걸러 먹는다고 한다. 펠리컨이 샌드위치를 먹는 모습은 어떨까? 모두가 그 모습을 상상하며 키득거린다. 이럴 때 보면 어른이라고 해서 아이들과 다르지 않다. 질문하고 찾아보고 상상해 가는 모습이 똑같다. 그 과정이 마치 여럿이 그린 각 부분을 모아 한 장의 합동 그림을 완성해 가는 것 같다.

그림을 그리다 보면 평소에 몰랐던 사실을 알게 된다. 특히 특정 대상을 콕 짚어 그리다 보면 이제껏 알고 있다고 생각했던 지식도 다시 점검하게 된다. 그 동물의 다리가 몇 개였는지, 그 건물이 몇 층이었는지, 그 나무 잎사귀는 어떤 모양이었는지 새삼 궁금해지는 부분을 다시 찾아본다. 이제 막 눈뜬 아이가 세상을 배워나가듯 순수한 맨눈으로 세상을 관찰하고 경험하는 기회를 다시 얻는 셈이다. 서로 호기심 어린 의견을 나누고 경험하지 못한 것을 상상하다 보면 시간이 훌쩍 지나가 있곤 한다.

"나들이 갔다가 자꾸 멈춰 서게 돼요. 나무는 어떻게 생겼나 해서 보는데 생김새가 다 다른 거예요. 내가 나무를 잘 모르고 있었구나 싶었어요. 지금까지 살면서 그렇게 자세히 관찰한 적이 없었거든요."

기둥 줄기에 가지가 뻗고 잎이 나는 것을 나무라 여기며 평생을 살다 이제야 제대로 보게 된 것이다. 관찰은 처음엔 서툰 그림 실력을 만회할 목적으로 시작되지만 점차 새롭고 즐거운 발견 놀이로 이어진다. 촉감이며 무늬며 줄기에 보이는 틈까지, 지금까지 알지 못했던 나무에 대한 지식을 새로고침하는 경험에 흥분하는 순간을 누구나 맞이하게 된다.

"아는 만큼 표현할 수 있겠다 싶어서 이번엔 집 근처에 있는 바위도 관찰했어요. 매일 보던 바위인데 어떻게 생겼는지 그날 알았어요. 얼마나 큰지, 어디가 들어가고 튀어나왔는지, 햇빛에 따라 밝은 부분이 어떻게 달라지는지 한참을 바라봤어요. 뭔가를 관찰한다는 게 이렇게 재미있는 줄 몰랐어요. 볼 때마다 새로운 모습을 찾아내니 너무 신기해요."

신이 나서 자신이 찾아낸 바위 모양을 손으로 표현해 가며 설명해 준다.

그림은 대상을 그리는 즐거움과 함께 대상을 알아 가는 즐거움도 함께 누릴 수 있는 분야다. 그림 한장을 그리자면 알아야 할 것이 많다. 도구 사용법이나 표현 기법도 배우지만 진짜 배움은 그림 속 구석구석에 스며든다. 우리는 나무를 그리면서 무엇을 새로 알게 되었을까, 바위를 그리면서 알게 된 사실은 무엇일까. 자연을 그리며 느낀 것은 무엇이고 인물을 그리며 눈치 채게 된 것은 또 무엇일까.

역시 그림은 그리는 시간에만 그리는 게 아니다. 표현할 대상을 찾고 관찰하고 생각하면서 자신의 감정을 들여다보고 그림 속에 펼치고 싶은 세상을 상상하는 시간까지도 모두 그림 그리기다. 스스로 위로할 줄 알고, 불필요한 욕심을 경계할 줄 알고, 도전을 즐길 줄 알게 되는 것도 그림 그리기가 주는 선물이다. 느리게 바라보며 삶의 속도가 아니라 방향으로 시선을 옮길 줄 알게 하는 것도 그렇다.

"주변을 세심하게 보기 시작했더니 매 순간 즐거워요. 하루가 어떻게 지나가는지 모르겠어요. 아주 큰 걸 배웠습니다. 고맙습니다."

옆에서 검색하느라 바빴을 뿐인데 삶의 즐거움을

가르쳐 주었다고 고마워 한다. 오히려 내가 감사할 일
이다.

"너무 힘이 드는데 멈출 수가 없어요."

"왜요?"

"목도 아프고 팔도 아프고 눈도 아프고…… 그런
데 참 재밌어요."

시간이 지나 보면 더 잘 알게 된다. 손가락이 아파
도 즐겁고 머릿속이 답답해도 즐겁다. 그 모든 순간이
재밌었다는 사실을 나중에 더 잘 알게 된다.

팬데믹이 가르쳐 준 것

코로나19는 내가 운영하는 화실에도 영향을 미쳤다. 특히 국내 코로나 확산 초기, 내가 사는 대구 지역에서 걷잡을 수 없이 확산세가 이어지자 위기가 피부로 느껴졌다. 교육청 권고도 있었고 당시 상황을 조심스레 지켜보고자 휴원과 개원을 반복했다. 줄어든 수업만큼 비는 시간이 늘어났고 강좌를 열더라도 계속 유지할 수 있을지 알 수 없었다. 일을 계속 쉴 수만은 없어 지차제의 미술 강사 모집에 지원했고 그 후로 외부 수업과 화실 운영을 같이 해 왔다.

오늘은 외부 수업이 있는 날이다. 아침부터 파일을 열어 어제 정리해 놓은 자료를 꼼꼼히 살펴본다. 이 자료들이 누구에게 도움이 될지 떠올려 본다. 화실로 출근할 때와는 하루가 다르게 시작된다. 화실에서 하는 수업은 익숙한 장소, 일정한 커리큘럼 등 내가 컨트롤할 수 있는 상황에서 진행되기에 아침 시간 정도는 온전히 내게 집중한 채 보낼 수 있다. 하지만 외부 수업을 하러 갈 때는 그만한 여유가 없다. 수업이 시작되면 내용을 잘 전달하는 것뿐 아니라 갑작스레 일어날 수 있는 변수에 대처하기 위해 온 감각을 집중해야 하므로 수업 전에 모든 가능한 상황을 시뮬레이션하고 예측해 보는 것이 중요하다. 그래서 외부 수업이 있는 날은 눈뜨자마자 일 생각부터 하게 된다.

수업마다 수강 대상도, 강의 시간도, 진행 장소도 다르다. 한 강좌를 맡으면 새로운 기준에 익숙해지기까지 일정 시간이 필요하다. 강의 장소가 미술실이 아니라서 미술 도구를 펼쳐 놓기가 마땅치 않을 때는 최대한 넓고 반듯한 자리를 확보할 수 있도록 머리를 굴려 보고, 책상부터 의자까지 직접 세팅해야 하는 곳에선 힘도 쓴다. 모든 게 완벽히 준비된 곳에선 수업 시작 전에 차 한잔 하며 쉴 때도 있다.

화실에서는 내 재량으로 소수의 인원만 받아 오붓하게 수업할 수 있지만 외부 강의는 수강생이 많은 편이라 그림 그리는 법이든 살아가는 방식이든 두루 이야기를 주고받는 게 쉽지 않다. 적게는 대여섯 명, 많게는 열댓 명 남짓한 수강생의 이야기에 일일이 공감해 주고 거기에 담긴 감정을 끌어내 그림으로 표현하도록 이끌다 보면 급격히 체력이 고갈된다. 이윽고 수업이 끝날 때쯤엔 이런 생각마저 든다. '아, 빨리 코로나 전처럼 회복되었으면…… 외부 수업까지 하기엔 너무 버거워.'

애초에 외부 수업을 시작하게 된 것은 먹고사는 데 조금이나마 도움이 되지 않을까 해서였고, 물리적으로나 심적으로 그 비중이 크지 않게 유지하려 했다. 그래서 초기에는 하루 특강이나 주말 수업 정도만 참여하며 화실 운영을 중심으로 했다. 그런데 팬데믹이 길어지면서 상황이 변했다. 화실 수업을 줄이고 외부 강의를 늘렸고 도서관이나 평생학습센터에서 성인반 강좌를 고정으로 맡아 진행하게 됐다. 급격한 에너지 방전을 겪으며 '이번만 하고 하지 말자' 다짐해 놓고도 그럴 수밖에 없었던 가장 큰 이유는 외부 수업에서 얻는 새로운 자극이 있었기 때문이다. 수강생이 많다는 것은 그만큼 볼 수 있는 그림이 다양해진다는 뜻이고, 이는 곧 다채로운 인생을 만날 수 있음을 의미했다. 그림은 그린 이의 삶을 투영하기에 한 장의 그림으로나마 다른 이의 생을 엿보고 그것으로 공감을 나눌 수 있다는 게 좋았다.

피카소나 고흐처럼 대단한 화가들의 작품을 보면서 닮고 싶다는 생각을 한 적은 없다. 딴 세상 사람 같기도 하고, 뼈를 깎는 고통을 마주하지 않고서는 바랄 수 없는 경지라는 걸 모르지 않아서다. 하지만 일상에서 만나는 새로운 그림들은 불시에 나를 자극한다. 그림이 좋아 그린 사람의 삶이 궁금해지고, 사람이 좋아 그가 그리는 그림이 궁금해진다. 나는 그들에게 그림을 가르치고 있지만 그들은 각자의 그림을 통해 내가 겪어 보지 못한 경험, 다양한 가치관, 주체적인 삶의 자세, 선의가 담긴 지혜를 전해 준다. 그 커다란 깨달음이 이렇게 내 이야기를 글로 쓰는 데까지 영향을 미쳤다. 어떤 변화든 생각하기에 따라 행운의 시작이 될 수도 있다. 전 세계적 재난인 팬데믹이 나를 여기로 이끌었듯.

그래서 그림을 가르칩니다

무뚝뚝하고 말주변이 없다 보니 말을 많이 하지 않는 편이다. 감정 기복이 목소리에 그대로 드러나는 데다 말실수를 하고 후회하는 게 싫어 말수를 줄이며 살다 보니 주로 조용히 들어주는 쪽이 되었다. 이런 내가 그림 수업 덕분에 예상 못한 칭찬을 듣곤 한다.

"어쩜 그렇게 말씀을 잘하세요."

처음엔 잘못 들은 줄 알았다. 나같이 말수 적고 지극히 평범한 언어생활을 영위하는 사람이 말을 잘할 리 없다. 똑같은 칭찬을 여러 번 들은 후에야 그 말의 의미를 알 수 있었다.

"진짜 말씀을 잘하세요."

"제가요? 지금 뭐라고 대답해야 할지도 모르겠는데요."

"아니에요. 자꾸 그림 그리고 싶게 만든다니까요."

그림 가르치는 강사에게 이만큼 좋은 칭찬이 있을까. 이심전심이다. 내가 자꾸 그림 그리고 싶게 만드는 사람이라면 수강생들은 내가 자꾸 수업을 하고 싶게 만드는 사람이다.

그림은 누구와도 편하게 이야기를 나눌 수 있는 매개가 되어 준다. 마음속 어떤 생각이든 그림을 통해 에 둘러 표현할 수 있기 때문이다. 사람들은 저마다 하고 싶은 이야기가 있지만 그것을 다 꺼내 놓고 살지 못한다. 숨기거나 참아야 할 때가 있고 적당히 자제해야 할 때도 많다. 그렇게 가슴에만 담아 둔 이야기가 그림이 되어 누군가에게 읽히면 속이 후련해진다. 옛 친구를 만나 이런 말 저런 말 다 쏟아 내었을 때처럼 말이다.

내 안에서 툭 불거진 감정은 그림이 되어 가는 동안 여러 번 걸러지며 숙성된다. 그래서 타인의 맘에 담긴 비슷한 감정을 뾰족이 찌르지는 않으면서, 슬그머니 건드린다. 그림을 매개로 내 감정이 누군가에게로 이어져 공감을 일으킨다는 사실만으로도 그림의 선한 영향력이 생긴다. 부정적 감정은 위로받고 좋은 감정은 부풀려져 기쁨이 커진다.

한동안 코로나19로 인해 교실 창문과 문을 수시로 열며 환기를 했다. 그러다 보면 같은 층에서 다른 수업을 받고 돌아가는 사람들이 복도에 서서 우리 수업을 물끄러미 바라보는 경우가 있었다. 어느 날 수업을 끝내자마자 기다렸다는 듯이 한 분이 들어오셨다.

"하늘이 참 멋지네요."

"이런 표현은 어렵지 않나요?"

"항상 그림을 그리고 싶었는데 그러지 못했어요."

"지금 시작해도 될까요?"

수강생들의 작품에 관심을 가지며 다양한 질문을 쏟아내던 그분이 마지막으로 내게 강의 내용을 물었다. 간단히 설명하는 사이 수강생들이 화구 정리를 마치고 나갈 채비를 했고, 그러자 그분도 따라 나가며 한마디를 남겼다.

"수업 내내 나란히 앉아서 이야기하는 모습이 보기 좋았어요."

그림은 사람과 사람 사이를 연결해 준다. 별다른 말이 필요하지 않다. 나란히 앉아서 손을 움직이며 그림을 그리는 것만으로도 마음이 통한다. 각자의 가슴에 담아 둔 이야기가 선이 되어, 색이 되어 그림에 담긴다. 보는 사람은 조용히 그 이야기를 듣는다. 그림을 보는 것으로 듣는다. 그렇게 침묵 속에서도 대화가 흐른다. 마음이 편안해진다. 그리고 또 어떤 날 누군가에게는, 이렇게 다정하게 다가와 그림 그릴 용기를 얻어가는 시간이 되어 주기도 하는 것이다.

아직 그려야 할 그림이 있다

내가 그림 가르치는 일을 소중하게 여기는 이유는 나도 그림을 그리고 싶어 했던 사람 중 한 명이기 때문이다. 이렇게 과거형으로 말하는 것은 여전히 그리고 싶어 하는지 확신이 들지 않기 때문이다. 곰곰이 생각해 본다. 그림 가르치는 사람에서 그리는 사람으로 돌아가게 되는 때는 언제인가? 어떤 순간에 나는 그리고 싶어지는가? 요즘처럼 그 질문에 대한 답을 고민해 본 적이 없는 것 같다.

"선생님은 언제 그리고 싶어요?"

질문을 처음 받았을 때 '아, 맞다. 나도 그림 그리는 사람이었지' 싶었다. 그 사실을 처음 안 것처럼 굉장히 신선하고 흥미롭게 다가왔다. 쉽게 대답할 수 있을 거란 예상을 깨고 그 질문은 난제로 남았고 왜 답하기 어려운지 들여다봤다. 그리고 여태 '가르치는 사람' 앞에 '그리는 사람'을 먼저 내세워 본 적이 없기 때문이라는 걸 깨달았다.

내가 그림을 그린다면 대부분 다른 이를 위해서였다. 주로 아이들 수업에 쓸 교재나 자료용 그림이다. 성인반 수업을 위해서는 같은 자료를 먼저 그려 보았다. 강의할 주제가 많을 때는 시각적으로 꼭 전달할 부분만이라도 미리 작업해 보며 필요한 자료를 만들었다. 그래서 가르치는 일 안에 그리는 것이 포함되어 있다고 여겼지, 그리는 것에 대해 독립적으로 생각해 보지 않았다. 가르치는 사람에서 그리는 사람으로 돌아가는 때? 내게 그것은 따로 있는 게 아니라 같은 시간이었다.

나도 작품에 대한 욕구가 강하던 시절이 있었다. 열심히 준비해 응모한 그림책 공모전에 몇 해 연이어 떨어지면서 사그라져 버렸지만. 아무도 알아주지 않는 그림책 작업을 하면서 기가 쭉쭉 빨리기보다는 재밌다는 피드백이 바로 오는 수업 연구가 더 좋았고, 그래서 나를 위한 그림보다 다른 이를 위한 그림을 더 많이 그리며 살게 된 것 같다.

그런 내가 요즘 그림책 작업을 다시 하고 있다. 그리고 싶다는 마음은 내가 가장 힘든 순간에 다시 찾아왔다. 4년간의 화실 임대 기간과 외부 강사 위촉 기간이 비슷하게 만료될 것을 염두에 두고 새로운 공간으로 옮기면서다. 새 목표를 준비하는 차에 아버지가 뇌출혈로 쓰러지셨다. 나는 모든 것에서 마음을 내려놓았다. 아무것도 손에 잡히지 않고 하고 싶지도 않았다. 앞 글에서도 언급했던 지인의 말이 불쑥 떠올랐다. "뭣 하러 그렇게 열심히 살았을까요?" 물음 같기도 하고 한탄 같기도 했던 그 말이 빈틈이 생길 때마다 심장을 파고들었다. 비슷한 경험을 하니 비수처럼 꽂혀 버린 게 아닐까 싶었다.

그러다 강사 위촉 기간이 반 년 더 연장되었고, 차라리 일이 있어 잘 됐다고 생각했다. 새 공간에서 펼칠 새로운 목표는 잠시 미루고 마음을 추슬렀다. 그림으로 이야기를 나누던 수강생들과 아무 일도 없는 듯 수업을 이어갈 수 있다는 게 심심한 위로가 되었다. 그리고 원래 화실에서 아이들과 수업하던 시간을 그림책 작업으로 채웠다. 예상치 못한 상황이 다시 나를 그리는 사람으로 돌아가게 했다.

지금은 두 번째 책을 그리고 있다. 먼저 시작한 이야기는 그림 작업을 완전히 마쳤는데 몇 달째 제목을 못 정하고 있다. 제목을 좀 더 생각해 볼까 하는 사이에 다른 이야기가 떠올라 쓰고 그리게 됐다. 제목 정하는 것은 조급하지 않지만 새로운 이야기는 조급하다. 한 번 완성된 원고는 마음에 들 때까지 계속 수정하면 되지만 새로운 이야기는 작업 시기를 놓치면 시들해지거나 사라져 버릴 때가 많기 때문이다. 그림책 작업을 하면서 작품에 대한 욕구가 십여 년 만에 다시 생겼다는 것을 깨달았다. 정말 오랜만에 그리고 있는 것이다. 한데 정말 그리고 싶어 그리는 걸까? 어떤 마음으로 그리고 있느냐고 묻는다면, 정말 복잡하다.

그리는 동안에도 아버지를 생각하면 아프다. 다시 그리는 것에 집중하면 괜찮기도 하다. 잘 그려지는 날엔 기쁘다가, 뭔가 막히는 부분이 생기면 이상하게 외롭다. 그러면서도 시간은 조금씩 흘러간다. 딱 하나 하고 싶은 게 그림이라던, 요즘 그림을 그리고 싶다며 다급하게 나를 찾았던 지인의 이야기가 자주 떠올랐다. 나도 그리고 싶은 건가. 딱 하나, 이걸 하고 싶은 건가. 그에 딱 맞는 답을 찾을 순 없지만 나는 그리는 동안에 기도를 하고 있는 것 같다. 순수하게 그림 그리는 것을 좋아했던 내 안의 꼬마가 더 자라기를, 그리고 싶어 하는 모두가 함께 그릴 수 있기를. 우리에겐 아직 그려야 할 그림이 있다.

에필로그

"좋아하는 일을 해야 할까요, 잘하는 일을 해야 할까요?"

이 질문에 대한 답을 두고 토론한 적도 있고, 어떤 답이 옳은지 혼자 고심해 본 적도 있다. 누군가는 좋아하는 일을 하며 살았기에 힘든 일을 참을 수 있었다고 하고, 또 누군가는 좋아하는 일을 하다 힘들어지면 마음이 더 아프다고 했다. 잘하는 일을 해야 발전이 있다는 사람과, 좋아하는 일을 해야 발전이 있다는 사람의 말은 다 맞는 것 같았다. 내 생각도 한결같지 않았다. 좋아하는 일을 해야 행복할 것 같았지만 어떤 날엔 잘하는 일을 하며 사는 게 현명하게 느껴졌다. 누군가 같은 고민으로 물어 온다면 여전히 대답하기 곤란할 것 같다. 다만 질문을 조금만 바꾼다면 확실하게 대답해 줄 수 있다.

처음 그림 가르치는 일을 하게 됐을 때를 돌이켜 보면 웃음이 난다. 수업할 내용을 종이에 적어 외웠다. 배우도 아닌데 첫인사부터 시작해 끝인사까지 대본 연습하듯 며칠을 중얼거렸다. 시연하던 날은 아이들 없이 가상으로 진행했는데도 덜덜 떨었다. 남 앞에 나서서 말을 하는 게, 그게 또 가르치는 일이라는 게 부끄럽기도 하고 어색하기도 하고, 혹여 잘못 선택한 길이 아닐까 걱정돼 도망가고도 싶었다. 시연에서 구겨진 자존심을 만회할 길은 연습밖에 없었다. 남은 시간 동안 말이 꼬이고 놓쳤던 부분을 중점으로 앵무새처럼 외고 다녔다.

좋은 경험은 좋은 기억을 만들고 그것이 좋아하는 일로, 혹은 잘하는 일로 이어질 수도 있다. 시연이 있고 며칠 뒤 첫 수업을 했다. 눈을 맞추면 생긋 웃어 주는 아이들, 나의 말 한마디에 온몸으로 반응해 주는 아이들, 고사리 같은 손으로 미술에 집중하는 아이들에게서 설명할 수 없을 정도의 기쁨이 전해져 왔다. 이전에 경험하지 못한 감정이었다. 걱정과 달리 첫 수업이 너무 재밌었다. 아이들과 다음 수업을 약속하며 속으로 생각했다. 그림 가르치는 일을 계속해야겠다고.

그림 가르치는 일을 하기 전에는 디자인 사무실의 기획 팀에서 일했다. 디자인 업무 특성상 클라이언트의 요구를 만족시키는 것이 중요했기에 늘 평가받고 수정하는 게 일상이었다. 작업물이 되돌아오면 내

업무 능력부터 의심했다. 디자인에 재능이 없다는 자괴감에 빠져 퇴근길에 펑펑 울던 날 밤, 사직서를 썼다. 그만하고 싶었다. 나는 목적에 따라 여러 가지를 결합해 시각적으로 창조하는 일에 적합한 사람 같지 않았다. 어떤 점이 괜찮냐고 물으면 '그냥 느낌이 괜찮다'고 말하는 사람이 나였다. 가뭄에 콩 나듯이 듣는 칭찬과 격려가 반가울 때도 있지만 연속된 긴장과 초조함은 내가 좋아한다고 생각했던 일을 싫어하게 만들었다.

가끔 고심해 본다. 내게 꼭 맞는 좋은 일이라는 것이 있을까. 그만큼 완벽한 선택이라는 게 있을까. 어쩌면 완벽한 선택이란 선택 후 조금씩 완성해 가는 게 아닐까. 퇴사 후 아이들을 가르쳐 보면 어떻겠느냐고 조언해 주는 사람이 있었고, 그 조언에 따라 그림 가르치는 사람이 됐다. 디자인만 아니라면 뭐든 괜찮을 것 같았던 시기에 직업적 소명은 전혀 고려하지 않은 선택이었다. 그 단순한 선택이 인생의 흐름을 바꿔 놓았다. 몰랐던 일이 이렇게 좋아질 수도 있었다.

종종 아이들에게 꿈이 뭐냐고 물어본다. 한번은

아이들이 몽땅 꿈이 화가라고 대답한 날이 있었다. 어린 시절의 꿈이야 여러 개일 수 있고 자주 바뀌기도 하지만 그날 그 순간만큼은 그림 그리는 게 최고라고 생각했나 보다. 내가 느끼는 재미를 아이들도 느꼈다는 게 좋아 한동안 그 사실을 자랑하고 다녔다.

"우리 반 아이들의 꿈은 모두 화가예요."

악착같이 아등바등하지 않아도 삶에 행복이 스며든다는 것을 깨달았다. 오랜 시간 꾸준히 집중해 일하다 보니 내게 남는 것도 있고 시야도 넓어졌다. 좋으면 잘하게 되는 게 맞고, 잘하면 좋아지는 것도 다 맞았다.

이렇게 행복의 방향을 찾아놓고도 때때로 다른 일에 도전하며 나다움을 찾아가는 고민을 멈추지 않고 새로운 시도를 하기도 했다. 그러다가도 다시 이곳, 그림 가르치는 자리로 돌아왔다. 몇 년 만에 그림 가르치는 일로 되돌아왔을 때 어떤 분이 해 주신 말씀이 기억난다. 선생님, 좋아 보인다고. 일을 좋아서 하는 게 보여 볼 때마다 덩달아 즐거워진다고.

특별히 돋보일 게 없는 나를 따뜻한 눈으로 바라보며 믿고 따라와 준 분들이 있어 이 일을 할 수 있었다. 엉뚱한 비유가 될 수도 있겠지만, 내 둘째 조카가 뭘 먹으면 절로 눈길이 가고 사랑스럽다. 껌을 씹어도 참 맛있게 먹는다. 먹는 일에 진심이라 그렇지 않을까 추측하며 웃었던 적이 있다. 마찬가지로 나 역시 그림 가르치는 것에 진심이라 그렇게 보이지 않았을까. 누군가의 눈에 일하는 내 모습이 예뻐 보였다면 아마 그래서였을 것이다. 그렇게 생각하니 다시 가슴이 뭉클해진다.

돌이켜 보면 그림 그리는 것보다 가르치는 게 더 재밌었다. 나를 부르는 호칭에 직책이 붙는 것보다 '쌤'이라 불리는 게 훨씬 좋았다. 이제 다시 나에게 가만히 질문해 본다.

지금 하는 일을 좋아하나요?
네.
지금 하는 일을 잘하나요?
아마도요.
나중엔 어떨까요?
지금처럼 재밌을걸요.

나는 그리고 싶은 사람을
가르치는 사람으로 산다

초판 1쇄 발행 2022년 10월 15일

지은이	박성희
펴낸이	박희선
책임편집	이수빈
디자인	디자인 잔

발행처	도서출판 가지
등록번호	제25100-2013-000094호
주소	서울 서대문구 거북골로 154, 103-1001
전화	070-8959-1513
팩스	070-4332-1513
이메일	kindsbook@naver.com
블로그	blog.naver.com/kindsbook
페이스북	facebook.com/kindsbook
인스타그램	instagram.com/kindsbook

박성희ⓒ2022

ISBN   979-11-86440-93-3 (03810)

• 이 도서는 한국출판문화산업진흥원의 '2022년 중소출판사 출판콘텐츠 창작 지원 사업'의
  일환으로 국민체육진흥기금을 지원받아 제작되었습니다.